연애코치 곽현호의

여우를 사로잡는 문자의 기술

연애코치 곽현호의

여우를 사로잡는 문자의 기술

초판 1쇄 인쇄	2014년 05월 09일
초판 1쇄 발행	2014년 05월 16일

지은이	곽 현 호		
펴낸이	손 형 국		
펴낸곳	(주)북랩		
편집인	선일영	편집	이소현, 이윤채, 조민수
디자인	이현수, 신혜림, 김루리	제작	박기성, 황동현, 구성우
마케팅	김회란		
출판등록	2004. 12. 1(제2012-000051호)		
주소	서울시 금천구 가산디지털 1로 168, 우림라이온스밸리 B동 B113, 114호		
홈페이지	www.book.co.kr		
전화번호	(02)2026-5777	팩스	(02)2026-5747

ISBN   979-11-5585-229-3 03810(종이책) 979-11-5585-230-9 05810(전자책)

이 도서의 국립중앙도서관 출판시도서목록(CIP)은 서지정보유통지원시스템 홈페이지(http://seoji.nl.go.kr)와
국가자료공동목록시스템(http://www.nl.go.kr/kolisnet)에서 이용하실 수 있습니다.
(CIP제어번호 : 2014014680)

여우를 사로잡는 문자의 기술

곽현호

Contents

Contents

Contents

Contents

카사노바 출신에서 연애코치로의 변화

1000명의 여성을 만난 남자로써 화제를 일으켰던 곽현호

그는 2013년 한국에 헌팅열풍을 불러일으켰던 장본인 유명 픽업아티스트였다.

하지만 그는 좀 더 대한민국 남녀들의 아름다운 연애를 위해서 2013년 6월부터 연애코치로 전향을 하였고 현재까지도 남녀들의 아름다운 연애와 모태솔로 및 노총각 노처녀들을 위해서 연애의 기술을 연구하고 필요한 사람들에게 강연을 펼치고 있으며 앞으로도 더욱 대한민국의 올바른 연애와 결혼문화를 위해서 노력할 것이다.

지금 현재는 남성전문 연애학원: 퍼시드 연애학원
종합연애상담컨설팅 : 퍼시드 연애조작단을 운영 중인
퍼시드의 대표이자 대표 연애코치다.

더 이상 나를 카사노바, 픽업아티스트라고 부르지 말아라…

난 연애코치 곽현호다…

이 책을 출간하는 이유는 많은 대한민국 남성들이 여성과 문자를 할 때 겪는 어려움을 해소시키고 그들이 좀 더 자신이 좋아하는 이성에게 어필을 제대로 하게 도와주기 위하여 이 책을 출간하게 되었다.

혹시 모태솔로 및 연애강의를 배우고 싶은 남성들은

퍼시드 연애학원 공식홈페이지 : www.persed.net
또는 퍼시드 공식 네이버 커뮤니티 : www.persed.co.kr로 방문해라

재회/짝사랑/연애/프로포즈 상담은 : www.persedlove.com로 방문하면 된다.

그 동안 퍼시드는 많은 발전을 해왔습니다. 2013년도 픽업아티스트 학원에서 남성 전문 연애학원으로 바뀌면서도 오히려 퍼시드 연애 강의에 대한 수요는 더욱 폭발했으며 지금까지 퍼시드는 대한민국에서 유일하게 4년 이상을 유지한 남성 전문 연애학원으로 자리매김하고 있었는데 거기에는 제가 실제 경험으로 쌓아온 노하우와 진정성 가치관이 있었고 그것을 알아봐주는 많은 분들이 계셔서 계속 성장할 수 있었습니다..

그리고 그런 퍼시드의 노하우들이 모여 컨텐츠로 제작되기 시작했고, 그 결과가 퍼시드의 비매품 서적 및 교재 《내츄럴 바이브 메소드》, 《퍼펙트 시덕션》, 《여자사용 설명서》로 탄생할 수 있었습니다. 하지만 그럼에도 불구하고 연락의 기술 컨텐츠에 대한 제작은 독자의 수요만큼 공급이 제대로 이뤄지지 못한 점에서 여러분들에게 항상 미안한 생각을 가지고 있었습니다.

그래서 그 동안의 연락의 기술 노하우들을 모아서 탄생한 책이 바로 《여우를 사로잡는 문자의 기술》입니다. 이전의 퍼시드의 서적이 그래왔듯이, 이 책은 여러분에게 꿈과 환상을 심어주진 않을 것입니다. 여러분이 무엇이 잘못되었는지 실질적으로 활용 가능한 기술에는 무엇이 있는지 알려줄 것입니다. 즉, 이때까지의 퍼시드의 컨텐츠가 그래 왔던 것처럼 '현실의 연애'를 위한 연락의 기술을 알려주기 위해서 이 책은 탄생했습니다.

그렇기 때문에 이 책은 절대 연락의 기술이 마법이 아니라는 점부터 가르칩니다. 뒷장에서 다시 얘기 하겠지만, 연락의 기술의 목적은 애프터를 잡는 데에 있으며, 애프터를 잡기 위해서는 연락의 기술을 망치지 않도록 해야 합니다. 이 책의 본질적인 목표는 연락의 기술로 여자의 관심을 부풀리는 데도 있지만 좀 더 근본적으로는 연락의 기술을 망치지 않는 데에 근본적인 목표를 두고 있습니다. 연락의 기술에 환상을 가지고 큰 기대를 했던 독자가 있다면 실망할 수도 있을 것입니다.

하지만 수강생이나 카페 내부의 이야기를 들어봐도, 연락의 기술에 대해 어려움을 겪는 가장 큰 사례는 '망가지는 연락의 기술' 이었습니다. 즉, 이성에게 접근이나 대화가 잘되고 연락처를 받은 경우에도, 멀쩡하게 연락이 잘되다가 갑자기 연락이 안 되는 경우가 많기 때문입니다. 이런 이유는 별 큰 이유가 있는 게 아닙니다. 연락의 기술 자체가 워낙 망가지기 쉬운 형태의 과정이기 때문입니다.

사람들이 연락의 기술 서적을 찾는 이유는 연락의 기술이 어렵기 때문이고, 연락의 기술이 어려운 이유는 연락의 기술이 망가지기 쉽기 때문이란 말입니다. 그리고 퍼시드에서는 이런 연락의 기술을 망가뜨리지 않기 위해 그 동안의 노하우를 모아서 연락의 기술 서적을 출간하게 되었습니다.

　연락의 기술 서적은 다른 서적들보다도 실제적으로 쓸모가 있습니다. 무엇보다 책을 보면서 즉각 즉각 여성과의 연락의 기술에서 활용할 수 있다는 점에서 실용적이라고 볼 수 있습니다. 첫 버전이라 구성적으로 완벽하지 못한 부분도 있지만, 최대한 독자들에게 실용적인 더 많은 노하우와 정보를 알려주겠다는 목적으로 이 책을 편집했습니다.

　이 책을 보면서 여성과의 연락에 대해서 자신감을 가지고 두려워하지 않게 되는 여러분을 생각하면서 이 글을 마칠까 합니다.

2014년 5월

곽 현 호

1. 변치 않는 연락의 기술의 기본 원칙들

1. 변치 않는 연락의 기술의 기본 원칙들

　전화도 없던 옛날, 여기 멀리 떨어져 있는 사람과 사람이 있습니다. 그리고 그 사람들이 서로 메시지를 주고 받으려면 연락의 수단이 필요합니다. 둘을 연결시켜줄 수 있는 어떤 것이든지 필요합니다. 그런 연락의 수단은 다양했지만 번거롭기 짝이 없었습니다. 이를테면 봉화를 쓴다든지, 파발을 띄운다든지, 심지어 비둘기 다리에 편지를 묶기도 했습니다. 사람이라는 역사에서 연락하는 수단은 정말 많았고, 그 연락의 수단은 해를 거듭할수록 점점 발전해갔습니다. 하지만 현대 아니 최근까지 오기까지 불편하기 짝이 없었죠. 예전 70~90년대 영화를 보면 다방에서(커피숍이 아닙니다) 약속을 잡는 장면이 정말 많았습니다. 유선전화기 밖에 없던 시절 약속이 엇갈리지 않기 위한 좋은 방법이었던 셈이지요.

　그러니 휴대폰만큼 개인 대 개인의 연락수단으로는 획기적인 연락의 매체는 없다는 말입니다. 만약 공중전화로 연락했던 예전으로 돌아간다면 정말 번거롭고 불편할 것입니다. 독자분들 중에 휴대폰을 분실했거나 집에서 놔두고 와서 휴대폰 없이 하루를 살아본 분이 있다면 공감하실 수 있을 겁니다.

　그리고 그런 휴대폰의 단계를 넘어서서 스마트폰으로 발전했지요? 휴대폰은 PC의 기능을 상당수 흡수했고 그래서 폰으로 할 수 있는 것들이 많아지게 됐습니다, 다양한 정보를 휴대폰으로 검색도 가능하고, 심지어는 애플리케이션 만으로 여자를 꼬실 수도 있는 시대이기도 하구요. 연락의 기술의 시대는 휴대폰으로 개막되긴 했지만, 스마트폰으로 변화하면서 휴대폰을 이용한 연락의 기술 내부의 시대도 2번째로 변화했다는 얘기입니다.

하지만 잊지 마십시오. 그런 변화하는 연락의 기술의 시대 속에서도, 몇 가지 변하지 않는 원칙들이 있다는 점이 있다는 것. 한마디로 연락의 기술의 고전 원칙, 시대가 변해도 변치 않는 클래시컬한 원칙들이 여기에 해당됩니다.

이렇게 시대의 급격한 변화 속에서도 왜 변화하지 않는 게 존재하는지 궁금해 하는 독자분들이 있다면, 저는 그게 사람이란 게 어차피 '거기서 거기'이기 때문이라고 말해주고 싶습니다. 아무리 주변적인 요소가 변한다고 해도 연애도 연락의 기술도 사람과 사람간의 일이기 때문에 그 본성을 벗어나지는 않는다는 점을 말해주고 싶다는 거죠.

그리고 지금 말하고자 하는 원칙들이 바로 그런 변치 않는 연락의 기술의 원칙이라고 말하고 싶습니다. 그리고 그 첫 번째는 다음과 같습니다.

여자들의 뻔한 패턴

　이를테면 절대 먼저 연락하지 않는다든지, 문자를 뻔히 보면서 정말 늦게 확인한다거나 그러면서 아닌 척 다른 일이 있었다고 거짓말하는 경우가 대표적인 사례겠죠? 여자를 조금이라고 겪어 보신 분이라면 대개 알 수 있는 사실이고, 골 때리는 사실입니다. 그리고 '여자들이 왜 그런지에 대한 연구가 필요한가?' 라고 묻는다면 저는 단연코 시간낭비라고 말리고 싶네요. 여자들이 소극적인 이유는 사회가 그렇게 만드는 것도 있고, 접근하는 남자들이 많아서 귀찮아서 그런 걸 수도 있고, 생물학적으로 좀 더 신중하기 때문도 있을 겁니다. 근데 아무려면 어떻습니까? 사실 이런 원인이 쉽게 파악이 되는 것도 아니고, 파악한다고 해서 해결책이 단번에 나오는 것도 아니잖습니까.

　그래서 중요한 점 한 가지, 독자분들은 여자를 이해할 필요가 없다는 것. 뭐, 이런 면에서 여자는 세상과 일치합니다. 예전 드라마 '황금의 제국'에서 주연인 고수가 이런 말을 한 적이 있습니다. '세상은 이해하는 게 아니라 적응하는 거야' 너무나도 당연한 한마디지요. 세상과 여자는 합리적이지도 않고 자기 멋대로입니다. 그러니깐 이해하지 말고 적응부터 잘하는 게 좋습니다. 물론 독자분들도 '나도 그게 잘 되는 게 아니야' 그래도 마음 굳게 먹고 여자들이 이해할 수 없는 행동하면 그런가보다 하고 넘겨버리시기를. 아 물론 열 받게 하는데 가만히 있으란 말은 절대 아닙니다. 그런 경우만 제외한다면 독자분들은 상황을 어떻게 이용할지만 집중했으면 좋겠습니다. 세상을 눈 좀 딱 감고 너무 고지식하게 살지 말라는 거죠. 자 그럼 다른 원칙들을 살펴볼까요?

스피드한 연락, 빠른 애프터

어떻게 보면 맞는 말 같기도 하고, 어떻게 보면 틀린 말 같기도 합니다. 물론 실제 상황에선 빠른 애프터가 좋을 수도 있고, 좀 더 신중하고 확실한 애프터가 더 좋을 수도 있습니다. 하지만 여기서 제가 하고 싶은 말은 평균적인 것을 보자는 뜻입니다. 연락의 기술의 특성 상 문자만 주고받다 보면 말 그대로 분위기 느슨해질 확률이 높습니다. 말이 통한다 싶을 때 이미 어느 정도 애매한 애프터를(여기에 대해서는 나중에 설명) 잡아야 하고, 그게 먹혔다 싶으면 좀 더 얘기하다가 바로 애프터를 잡아야 해요. 물론 애프터를 잡는 것은 문자건 전화건 상관없습니다. 가끔 문자로 잡지 말고 무조건 전화로 잡으라고 말하는 애들이 있는데, 그건 상황에 따라 바뀌는 겁니다. 문자만으로도 애프터가 가능하기도 하고, 전화를 해야 애프터가 잡히는 경우도 있습니다. 다만, 전화로 목소리를 확인한 애프터 쪽이 취소될 확률이 좀 더 적겠지요.

애프터를 잡으실 때 너무 자신의 일정에 맞춰서 완벽한 타이밍에 애프터를 잡으려는 분들이 있습니다. 서로 일정이 맞아야 하고, 남자 입장에서 확실한 진도 밟기를 위해 멘트가 준비되어야 한다는 등으로 핑계를 두고 제안을 미루는 경우가 해당되죠. 하지만 여자의 입장에서도 너무 천천히 진행하다보면, '왜 이 남자는 뭔가 시도를 안 할까?'라고 지쳐가는 경우가 많습니다. 그렇게 시간이 흐르다 보면 애프터 잡을 타이밍 자체를 놓쳐버립니다.

　결과적으로 항상 준비되어 있다면 애프터를 잡기가 수월하겠지요. 하지만 아무리 고수라도 항상 애프터를 위해 완벽하게 준비되는 경우는 없습니다. 따라서 준비되지 않더라도 빠르게 애프터를 잡는 게 옳습니다. 물론 애프터 안에서 자신의 목표를 달성할 확률은 낮아지지만, 일단 애프터를 해야 경험이라는 소중한 자산이라도 쌓을 수 있기 때문입니다. 자기 자신의 준비가 미비하더라도 결코 애프터의 타이밍을 놓치시지 않길 바랍니다. 인생에서 가장 중요한 것은 시간이기 때문입니다. 놓쳐버린 시간은 결코 다시 돌아오지 않습니다.

연락의 기술은 기적이 아니다

이 말은 2가지 의미를 지닙니다. 말 그대로 연락의 기술 자체로는 많은 것을 변화시키기는 힘들다는 점과, 연락의 기술에 대한 환상을 가지지 말라는 점입니다. 여러분은 애프터를 잡을 정도로만 여자를 자극시키는 걸로 충분합니다. 욕심이 과하면 망한다는 거죠. 여기서 또 연락의 기술의 2가지 성격을 알 수 있습니다.

첫 번째, 연락의 기술로 높은 완성을 기대하지 말 것, 아까 애프터를 빨리 잡으라는 말 그대로입니다. 너무 높은 완성을 기대하다보면 욕심을 가지게 되고, 과도한 단계를 밟아서 애프터를 편하게 하려는 생각을 하게 됩니다. 이를테면 섹슈얼토크까지 해서 애프터에서 번거로운 과정을 삭제하려는 경우인데요. 현실에서는 이게 상당히 힘듭니다. 왜냐하면 여성들도 소중한 인격체니까요. 어쩌다가 마인드가 열린 여자와 연락이 된다면 다행이지만, 연락의 기술에 익숙하지 못한 독자분들이 어떻게 이런 경우를 쉽게 마인드가 열린 여자인지 감까지 잡으실 수 있을까요?

기본적으로 연락의 기술은 안전지향적으로 가는 게 맞습니다. 그리고 연락의 기술의 또 다른 성격, 접근했을 때 매력어필이 잘 되어야 연락의 기술이 잘 되기 때문입니다. 물론 이 경우 구장에서 만난 경우라면 '얘기가 잘 통했다'는 전제로 바뀝니다. 사실 만난장소에서는 서로 말이 잘 통할지라도 연락의 기술이 안 되는 경우가 있습니다. 여성의 입장에서도 많은 남자들을 만나기 때문에 그 여성은 남성의 순위를 정해놓기 때문입니다. 자기가 하순위에 위치하면 얘기가 잘 통해도 순위가 밀려 있기 때문에 우선순위 타 남성과 그 여성이 컨택이 안 된 이상 연락이 안 됩니다. 그리고 나이트나 클럽에서 만난 남자와는 애프터를 안 가지는 원칙을 가진 여자일수도 있습니다.(이런 사고를 지닌 여자들이 생각보다 꽤 있습니다.) 만약 그 원칙을 붕괴시킬 수 있을 정도의 관심을 받았다면 연락이 되겠죠.

이야기가 딴 데로 길어졌네요. 초반접근 상황으로 다시 돌아가겠습니다. 초반접근 시 여성에게 확실한 인상을 주지 못했거나, 이야기가 수월하게 풀리지 않았을 경우 연락의 기술 자체가 죽을 경우가 많습니다. 그냥 여자들 입장에서 생각해보죠. 마지못해 번호만 준건데, 문자하고 싶겠습니까? 나름 용기내서 번호 얻어 낸 건데 왜 이리 연락이 안 되나 생각했던 분들은 이제 이해가 되시는지요? 초반 접근 멘트나 활용법은 카페 내부의 자료에도 존재하고 실전연애종합반과 1대1 교육에서도 실전 트레이닝이 실제로 진행되니, 초반 접근을 연습하고 싶으신 분들은 그 부분을 참고하시면 됩니다.

그래서 연락의 기술은 무리하지 않는 것

그래서 연락의 기술은 무리하지 않아야 합니다. 하지만 최선을 다해야 합니다. 즉, 절제를 하는 상태에서 온 힘을 다해야 합니다. 그리고 일상에 지장을 받지 않게 무리하지 않아야 합니다. 그렇기 때문에 현실적으로 정상적인 생활을 하고 있는 남자라면 연락의 기술을 하는 여성이 5명 이상 하는 것은 여성에게도 매우 실례이며 본인의 연애와 사랑을 위해서도 옳지 않습니다. 여러분도 공부하거나, 먹고살기 위해 직장을 다니고 있는 정상적이고 건강한 대한민국 남자이기 때문에, 그 이상의 숫자의 여성과 연락의 기술을 하면 일상에 지장을 받으며 여성은 1명에게만 진심을 다해서 본인의 매력을 어필해야 한다고 생각합니다. 만약 그 이상을 하라는 사람이 있다면, 그 남성은 가치관이 훌륭하지 못하며 인생적으로도 발전하지 못하는 가치관을 가진 사람입니다.

여러분들은 다양한 여성들과 연락을 한다기보다 1명과 제대로 된 연락을 하는 게 매우 중요하다고 생각합니다.

연락의 기술 자체가 애프터 외에는 여성과의 관계 자체에 아주 큰 영향을 주는 것은 아니기 때문에, 한 여성에 대해서도 연락의 기술로 과도하게 오버하지 말고 절제하면서 연락의 기술을 진행하여야 합니다. 일상에 지장 받지 않을 정도로 그리고 과도한 기술을 남발하지 않고 자신이 평소 애프터 자리에서 하는 강도의 80% 정도만 보여주세요. 그리고 과다하게 많은 여성과 연락의 기술을 할 필요도 없습니다. 여러분에게 여성의 마음을 훔치는 매력적인 남성이 되라는 것이지 카사노바가 되라는 것이 아니기 때문입니다.

연락의 기술은 타이밍 싸움

연락의 기술은 타이밍 싸움이라는 점, 유혹의 전반적인 경우랑 똑같습니다. 항상 타이밍이 문제가 됩니다. 연락의 기술을 통해서 여성과 대화를 하다가, 결정적일 때 빵빵 터뜨리는 것도 따지고 보면 타이밍이고, 여성과 대화가 잘되는 시간을 파악하는 것도 타이밍 파악입니다. 그리고 결정적으로 대화내용이 전환(이를테면 섹슈얼토크로의 전환)되거나 첫 통화를 해야 할 시기, 애프터 제안을 거는 시기 등등, 무엇인가 상황이 바뀌어야 할 경우 전부가 타이밍에 해당됩니다. 여러분은 빠른 시간 안에 여성의 상태를 파악하고 무엇을 해야 할지 판단할 수 있어야 합니다. 그리고 중요한 점, 이런 타이밍은 오로지 연습과 경험을 통해서만 감을 잡으실 수 있습니다. 물론 책 안에서도 어느 정도 가이드를 하겠지만 책에만 의존하시지 말고, 실제로 여성과 연락을 하시면서 본인만의 확실한 노하우를 잡으셔야 합니다. 그러려면 어느 정도 시행착오적인 실패도 경험하셔야 합니다. 연락의 기술은 책으로 하는 게 아니라 여성에게 초반접근을 하여 번호를 받은 여성과 핸드폰으로 하는 것입니다.

포토루틴[사진활용기법]의 유용성

　여전히 포토루틴은 유용합니다. 시대가 바뀌어도 여전히 사진이라는 것이 글보다는 사실성 있게 상대방에게 비춰지기 때문입니다. 뒤에도 언급하겠지만, 포토루틴의 가장 주요한 목적은 타이밍에 맞는 흥미 보여주기나, 자신의 일상을 보여줌으로서 높은 가치증명을 하는 데에 있습니다. 그리고 카카오톡으로 들어서면서 포토루틴의 자유도가 높아지고 있습니다. 포토루틴의 자유도가 높아지면 포토루틴으로 여성을 살짝 웃겨주거나, 자신의 일상 보여주기가 더 용이해졌습니다.

　포토루틴을 쓰기 전에 곰곰이 생각해야 할 점이 있습니다. 자신이 여성에게 박힌 이미지를 생각하고 그 일관성을 고려하고 써야 합니다. 만약 흥미로운 남성으로 인식됐다면 웃긴 포토루틴을 그대로 써도 되지만, 그 경우가 아니고 점잖은 이미지라면 포토루틴은 일상 보여주기 문자 속에서 자신의 가치를 올리는 용도로 쓰는 게 좋습니다. 자신의 캐릭터, 일관성을 지키셔야 합니다. 자신이 어떻게 여성에게 비춰지는지 확인하는 방법은 간단합니다. 여성의 입장에서 문자를 봐야 합니다. 이 점은 바로 뒤 파트에서 세세히 설명해 놓겠습니다.

연락의 기술에서의 일관성

또 중요한 문제가 여러분 자신의 일관성입니다. 여기서 일관성이라 함은 여자분들에게 비춰진 여러분의 이미지가 일관성이 있어야 한다는 점을 의미합니다. 즉, 여러분은 자신이 인식된 이미지를 항상 신경 써야 합니다.

여러분이 비춰지는 이미지 자체는 여성의 입장에서 거꾸로 문자를 관찰하면 어느 정도 알 수 있다고 말했습니다. 이렇게 기본적으로 자리 잡힌 이미지는 연락의 기술의 와중에서도 그 선이 지켜져야 하며, 애프터에서도 그대로 유지되어야 합니다. 자신의 캐릭터를 지켜야 합니다. 이 과정은 의외로 어려울 수 있습니다. 왜냐하면 자신의 기분이 몹시 안 좋을 때도 여성에게 비춰지는 캐릭터는 그대로인 게 좋기 때문입니다. 물론 항상 그 캐릭터를 유지하라는 것이 늘 그런 모습만 보여줘야 한다는 것은 아닙니다. 적어도 짜증이나 화를 내지 않는 선에서 슬픔이나 진지함 같은 다양한 감정을 건드릴 수 있는 면을 보여줘야 합니다.

특히 애프터가 정말 여성의 어쩔 수 없는 사정 때문에 취소되는 경우도 있습니다. 이 경우 분노해서 여성에게 자신의 감정을 그대로 말한다면 다음에 그 여성은 '이런 거에도 화를 내는 남자구나'라고 생각해서 여러분을 꺼려할 수도 있습니다. 최소한 이 정도 절제해야 합니다. 이런 경우가 바로 일관성이 중요하게 작용하는 경우라고 볼 수 있습니다.

여성의 실시간 정보는 최대한 알아두기

문자는 애프터를 잡는 과정이기도 하지만 그 여성의 정보를 알아두는 과정에 해당되기도 합니다. 이렇게 문자로 알아낸 여성의 정보는 통화를 할 때나 애프터 만남을 할 때 풍부한 대화의 소스가 되기도 합니다.

게다가 여성의 정보를 알게 되면, 서로 대화가 잘되는 시간대에 대해서도 알게 됩니다. 즉 여성의 한가한 시간대에 대해 알게 되는 거죠. 그 시간대에 맞춰서 많은 대화를 쌓을 수가 있을 겁니다. 제가 수도 없이 대화해 본 결과, 공통적으로 어느 정도 대화가 잘 되는 시간대는 점심시간 이후(특히 직장인이라면) 그리고 특히 10시 드라마 끝나고 11시 자기직전의 시간대가 좋았습니다. 물론 이 경우 역시 사람마다 그리고 그 사람의 환경마다 차이는 있기 때문에, 이런 정보는 초반에 문자 연락의 기술을 하면서 미리미리 파악해두는 것이 좋습니다.

그리고 지금 이 순간 여성이 어떤 상태인지도 확실하게 아는 것이 좋습니다.(실시간 정보) 실질적으로 대화의 내용에서 지금 이 순간 상황에 대해 서로 이야기 하지 않는 경우도 있기 때문에 여자와 대화가 잘 통한다 싶을 때 가끔 여자가 어디에 있는지 무얼 하는지도 물어보시길 바랍니다. 의외로 이 상황이 판단이 안 되서 혼자서 상황에 맞지도 않는 이야기를 하다가 관심이 무관심으로 떨어지는 경우가 많습니다. 이를테면 여자가 호프집에서 친구들이랑 술 먹고 있는데 감성토크를 진행한다면 연락의 기술이 망할 수도 있습니다. 여자가 어디 있었는지 파악도 못한 여러분은 연락의 기술이 왜 뜬금없이 망하는 지도 모르게 됩니다. 모든 대화는 때와 장소가 맞아야 하는데, 때만 생각하고 장소는 생각하지 않는 분들이 많습니다. 특히 문자게임에서는 상대방의 장소는 물어보지 않는 한 파악이 불가능합니다. 이점 꼭 주의하셔야 합니다.

준비에 대한 활용성 100%

연락의 기술의 최대 장점에 해당합니다. 준비가 가능함과 동시에 그 준비를 실시간 그대로 활용할 수 있는 유일한 작업 영역이 연락의 기술입니다. 여성이 여러분을 직접 눈으로 보고 있지 않은 상황이기 때문에 가능한 것이기도 하지요. 문자를 찍더라도 이 책의 스크립트를 보며 활용할 수도 있으며, 빠르게 연애 멘토에게 조언을 구해서 알맞은 문자를 보내게 할 수도 있습니다.

통화의 경우에도 마찬가지입니다. 이 경우는 실시간 조언은 불가능하지만, 미리 대본을 짜놓을 수도 있습니다.(대본사용법은 '심화 통화법'에서 설명해 놓겠습니다.)

물론 대본까지는 아니라도 최소한 대화주제를 어딘가 적어놓고 순서대로 활용할 수도 있습니다. 여성의 정보를 기록하자는 항목도 이와 주제를 같이 합니다.(이 점 역시 뒷장에 나오는 '데이터베이스 기록'과 기본 통화법을 참고하세요)

연락의 기술은 쉽게 죽을 가능성이 항상 존재

이제부터는 부정적인 내용입니다. 마음에 안 들면 여성은 연락을 안 받으면 그만이기 때문입니다. 이 남자가 자신과는 맞지 않는다고 여성이 판단하면 쉽게 연락을 끊어버릴 수 있습니다. 그래서 여러 과정으로 감정적인 안정선을 확보하는 게 중요합니다. 연락의 기술에서 무리를 하지 말고 안정권에서 최선을 다하라는 의미도 과도한 멘트를 던지다가 한번 죽으면 살기 힘든 게 연락의 기술이기 때문입니다. 아직 얼굴을 보지도 않은 상태이기 때문에 여러분에 대한 여성의 관심의 정도는 한계가 있을 수밖에 없습니다. 그리고 남자의 연락을 끊어도 해코지당할 부담감이 거의 없기 때문에 쉽게 끊어버릴 수 있습니다.

결국 연락의 기술은 한 번 실수해도 연락이 끊어질 수 있습니다. 실제 만남이나 사귐에서 별 것도 아닌 실수가 연락의 기술 내부에서 혹독하게 작용하는 거지요. 물론 연락의 기술이 잘 되도 연락이 끊기는 수가 있습니다. 그 경우는 기타 연락의 기술 섹션에서 나중에 설명하겠습니다.

첫 통화에서 게임이 망가진다면?

그 여성과 이 때까지 쌓아온 연락의 기술 전부가 무너질 가능성이 높습니다. 아쉽게도 대개 그렇습니다. 초반 접근에서 매력어필이 실패하면 연락의 기술이 거의 안돌아가듯이 문자에서는 유려한 대화를 한 사람이 통화에서 버벅댄다면 여성이 생각해온 이미지의 일관성이 깨져버립니다.

이런 일관성이 무너지면 첫인상에서 완전히 망가지고 회복이 불가능하듯이 연락의 기술 자체가 무너지게 됩니다. 그렇다고 첫 통화를 안 할 수는 없는 것입니다. 왜냐하면 경우에 따라 문자만으로도 애프터가 잡힐 수도 있지만, 통화를 거치면 애프터가 깨질 확률이 좀 더 줄기 때문이고, 그것을 떠나서 통화가 되어야 좀 더 급속도로 친해질 수 있기 때문입니다.

'한 번의 목소리는 백번의 글자보다 낫다'라는 말을 명심해두시길 바랍니다. 따라서 첫 통화에 대해서는 준비가 되어 있어야 합니다. 그래서 준비 된 통화를 하기 위해서는 2가지 사실을 확실히 인식하고 있어야 합니다. 첫 번째는 여성과 안정적인 통화가 100% 이뤄질 타이밍을 파악해서 통화를 해야 한다는 것이고, 두 번째는 통화 자체가 안정적으로 풀려야 한다는 것입니다. 만약 이 2가지가 안 된다면, 여성은 전화를 받지도 않거나 받아도 여성 자신이 오래 통화하기 곤란한 상황일 수도 있기 때문에 여성 스스로의 관심도 약간 죽게 됩니다. 그리고 첫 통화는 첫인상이기 때문에 최소한 안정적으로 풀려야 하는데, 첫 통화가 잘 안되어 버리면 그런 안정성이 깨져버리게 됩니다. 여기서 더 나아가서 일관성까지 깨져버리면 다신 연락이 되지 않을 확률이 높습니다. 이런 문제점을 예방하거나 해결하는 방법은 나중에 뒷장에 첫 통화 파트에서 자세히 얘기하도록 하겠습니다.

2. 변화하는 연락의 기술의 원리들

2. 변화하는 연락의 기술의 원리들

법칙에 대한 집착

얼마 전에 드라마 삼국지를 봤습니다. 거기서 조조가 아들 조비에게 이런 말을 하더군요. '병서를 독파한다고, 병법에 얽매어서는 안 된다. 실제 군사를 운용할 때는 그 변화가 무쌍하기 때문이란다.' 여러분도 이와 마찬가지에 해당됩니다. 이 책을 독파한다고 해서 이 책이 제시한 법칙에 너무 얽매어서는 안됩니다. 실제 상황이란 것은 정말 변화무쌍한 것이기 때문입니다.

게다가 문제는 이 책이 제시한 원칙 말고도 예전에 떠도는 이상한 원칙들이 많다는 점입니다. 혹, 연락의 기술이란 개념에 대해 예전부터 잘 아시는 분들이 있다면 333법칙이라든지, 질문던지기법칙 등등 각양각색의 연락의 기술 관련 법칙에 대해서 많이 들어보셨을 겁니다. 물론 이런 법칙 자체가 완전히 틀렸다는 것은 아닙니다. 하지만 문제는 이때까지 이 법칙들이 반드시 적용되어야 하는 철칙처럼 여겨져 왔다는 점입니다. 인간관계에 있어서 예외라는 것은 늘 존재하며, 연락의 기술에서 적용되는 원칙들도 어느 정도 변화해 왔습니다.

따라서 절대적으로 적용되는 철칙이란 것은 존재하지 않으며, 혹

예전에는 적용됐다가 지금은 오히려 쓰면 안 되는 것들이 있습니다. 대표적인 것이 방금 전에 언급한 333법칙입니다. 3초안에 접근하며, 3시간 안에 연락하며, 3일안에 만나야 한다는 말의 줄임말입니다. 근데 잘 생각해 보세요. 어차피 결심은 고민 들자마자 바로 해야 갈 수 있는 것이고, 이 때 한다는 것은 이성에게 초반 접근 하는 것이 아닙니다. 초반 접근을 위한 포지셔닝 입니다. 만약 만원 지하철 안에 있다고 가정해보죠. 만원 지하철 내에서 3초안에 접근을 하실 겁니까? 이성에게 향하되, 접근 할 위치는 골라야 하는 게 맞습니다. 3시간 안에 연락한다는 법칙을 보죠. 문자, 특히 그냥 번호만 받은 경우에는 30분 정도 안에 문자를 보내는 게 맞습니다. 물론 더 빨리 하는 게 좋을 수도 있습니다. 3시간이라, 3시간 후에 뜬금포 날리라는 건지요? 여자는 3시간이 지나면 여러분의 기억이 흐릿해 질수도 있습니다. 그리고 3일안에 만나야 한다? 말은 좋습니다. 하지만 여자도 사정이 있고, 독자분들도 사정이 있을 수도 있습니다. 애프터는 간이 보이는 한 최대한 빨리 잡는 게 맞긴 합니다만, 3일 안에 꼭 만나야 한다는 법칙에 시달려서 어떻게든 애프터 제안을 성급하게 걸다가 연락이 죽는 일이 없기를 바랍니다.

이번에는 질문던지기법칙을 살펴보겠습니다. 이 법칙은 남자가 보내는 문자에는 꼭 질문이 섞여 있어야 한다고 말하는 법칙입니다. 그럼 답변할 때마다 물음표로 끝나야 하는 거겠죠? 물론 그렇게 하면 여자가 일부러 무시하지 않는 이상 대화는 이어지겠지만 자꾸 질문만 던지다보면 대화는 어떻게 될까요? 한번 그런 문자게임을 진행해

보고 거꾸로 뒤집어서 여자의 입장에서 자신의 문자를 봅니다. 그러면 알게 될 것입니다. 이 느낌은 완전 경찰서 취조나 직장면접 같다는 느낌을요.

다시 말하자면, 문자에 질문이 꼭 섞여있을 필요는 없습니다. 다만, 대화가 이어질 만하도록 무엇인가 흥밋거리가 있는 것을 던지는 것은 좋겠지요. 꼭 질문이 아니더라도 대화는 충분히 자연스럽게 이어질 수 있다는 점 알아두시길 바랍니다.

이 정도만 봐도 예전 연락의 기술에서 나왔던 지켜야 할 법칙들이 실전에서 정말 무의미하게 작용할 수도 있다는 점을 충분히 인식하실 수 있을 겁니다. 특히 문자를 주고받는 경우엔 카톡으로 실시간 채팅화 되면서 적용되지 않는 법칙들이 꽤 많습니다.

오히려 법칙에 집착하다가 여자 분들을 놓치게 되는 경우가 많을 거라고 봅니다. 애프터는 통화로 잡아야 한다는 법칙 때문에 통화타이밍도 놓치고 애프터도 놓치는 경우처럼 말이죠.

이 세상에 완벽이란 있을 수가 없습니다. 법칙을 그대로 지킨다고 완벽한 경우가 오란 법도 없고, 완벽을 기다리다가 그 전에 무너질 수 있음을 명심하시길 바랍니다.

카카오톡으로의 이동

어차피 많은 분들이 이제는 인식하시겠지만, 카톡은 문자와는 비슷하면서도 많은 차이점이 있습니다. 특히 문자와 차이를 보이는 점은 문자와는 달리 수신확인이 가능하며, 대화 자체가 무척 자유롭다는 점입니다.

이전의 문자는 등기문자가 (등기문자가 궁금하신 분은 검색해보세요) 아닌 이상 수신 확인이 불가능했으며, 한 문자에 쓸 수 있는 글자의 양도 제한적이었습니다. 그렇기 때문에 과거 스마트폰이 아닌 시절에는 '문자는 세 줄 이하로 보낼 것'이라는 나름의 법칙도 있었죠.

하지만 카톡으로 바뀌면서 예전에 쓰였던 문자법칙도 이젠 무의미해졌습니다. 카톡은 문자가 아니라 메신저 채팅에 가깝기 때문에 그 자유도가 높아진 만큼 다양한 화법을 구사해도 무방합니다. 따라서 이전 문자시대의 방식이 아닌 일반 채팅대화 방식이 적용되는게 맞습니다. 그렇기 때문에 문자의 시대에선 상당히 함축적인 의미로 문장 하나하나에 신경을 써서 보내곤 했습니다. 그런데 카톡의 시대에선 그런 경향이 적어졌다고 할까요? 좀 더 편하게 생각하셔도 됩니다. 게다가 포토루틴(사진활용기법) 활용도의 범위가 많이 넓어졌습니다. 다만, 활용범위가 넓어진 만큼 한 개 한 개의 효과, 즉 약빨은 적은 편입니다. 포토루틴의 변화는 바로 아래에 자세히 설명해놓겠습니다.

포토루틴(사진활용기법)의 변화

이전 문자시대에는 포토루틴만 잘 써도 왠지 특별한 사람 느낌을 주던 시절이 있었습니다. 하지만 지금은 카톡으로 인해 사진정보나 이모티콘을 주고받기도 워낙 쉬워졌기 때문에, 포토루틴 자체가 일반화가 되어 버렸습니다.

다행히도 예전만큼 포토루틴이 강력한 포스는 없지만, 포토루틴은 아직도 유효합니다. 글보다는 사진이 주는 시각적인 자극이 더 크기 때문이죠. 따라서 타이밍에 맞는 포토루틴을 사용한다면 여전히 쏠쏠한 효과를 누릴 수가 있습니다.

이전 파트에서도 설명했지만 현재 포토루틴은 대개 2가지 방향으로 쓰입니다. 첫 번째는 흥미 보여주기(유머), 두 번째는 일상 보여주기입니다. 포토를 이용한 유머루틴이야 워낙 많은 것들이 나와 있습니다. 이런 유머루틴의 활용법에 대해서는 나중에 언급하도록 하겠습니다.

사실, 정말 중요한 것은 일상 보여주기, 즉 자신을 가치를 증명하는 용도입니다. 일단 카톡 프로필 자체가 포토루틴이 될 수 있습니다. 심지어 외제차 하나만 달아놔도 차 바꿨냐고 죽은 번호가 살아나는 경우가 있으니까요. 일반 사람들도 자기 가치 증명용으로 포토루틴을 그대로 달아놓습니다.

이 두 가지의 경우가 아니더라도, 포토루틴은 여전히 다양한 방향으로 쓰입니다. 중요한 점은 포토루틴은 타이밍이 맞을수록 좋다는 점입니다. 이전에 비해서 포토루틴의 차별성은 많이 사라지긴 했지만, 그만큼 포토루틴 자체는 자주 사용하더라도(남발하진 말고) 크게 지장은 없으며, 자주 사용할 수 있는 만큼 좀 더 평범해진 느낌이기 때문에 포토루틴을 사용할 때는 타이밍에 맞게 사용해서 효과를 극대화시키는 게 중요합니다. 아까도 말했지만, 약빨이 떨어진 만큼 타이밍이 적절해야 합니다.

내 연락의 기술 고찰법

여러분은 항상 상대방 입장에서도 문자를 보셔야 합니다. 자기가 상대방이라 생각하고 문자를 뒤집어 보는 거죠. 어떻게 보면 너무도 당연하게 필요한 것인데, 이에 대해 관련된 자료가 없어서 갸우뚱하면서 추가시킨 항목입니다.

본론으로 넘어가죠. 연락의 기술은 일방적인 대화가 아닙니다. 분명히 자기가 뱉은 말에 여성이 반응을 하고 여성이 뱉은 말에 자기가 반응을 하는 과정입니다. 그럼에도 사람이라는 것은 일차적으로는 자기 자신만 생각하기 때문에, 자기가 보고 싶은 것만 보고, 하고 싶은 것만 하려는 경향이 있습니다. 연락의 기술에서도 그런 경우가 많이 발생하지요. 문제는 그런 일방적인 관점 때문에 연락의 기술이 망하는 경우가 많고, 이 경우 망한 뒤로도 일방적인 시각 때문에 연락의 기술이 왜 망했는지도 모르는 분들이 있습니다. 그런 분들을 위한 해결책으로 가장 간단한 것이 있습니다. 바로 여성의 입장에서 자신의 문자를 보는 것입니다. 마음을 비우고 한번 상대방 입장에서 바라보시면 본인이 스스로 보기에 부끄러운 경우도 보이게 될 것입니다.

게다가 여성의 관점에서 문자를 주고받은 대화를 읽어본다면, 여성에게 자신이 어떤 이미지로 잡혀있는지 판단이 가능합니다. 만약 그런 이미지가 좋게 찍혔다면, 여러분은 상대방에게 지속적으로 그런 이미지를 전달할 필요가 있습니다. 웃기기보다 자상하고 꼼꼼한 남자인지, 빵빵 터뜨리는 유쾌한 남자인지 여성에게 잡힌 이미지를 생각하고, 그런 긍정적인 이미지의 분위기를 이어가세요. 다만 너무 들떠서 오버 떨진 마시구요.(이거 절제하기 의외로 힘듭니다.) 연락의 기술에서 핵심 중 하나는 무리하지 않는 것이라고 분명히 말했습니다.

더불어서 여성의 관심 호감도 정도도 이런 연습을 통해서 어느 정도인지 꼼꼼하게 판단이 가능하게 됩니다. 여성의 반응 정도, 답장의 길이, 답장의 속도 등으로 판단하는 것이지요. 수시로 확인하고 피드백 해보는 게 좋습니다. 어떻게 판단하느냐고요? 답이 길거나, 느낌표 많이 썼거나, 답장 빠르거나 이건 하다보면 감이 잡히실 겁니다.

여하튼 이런 이유들 때문에 이런 피드백 과정은 연락의 기술 안에서 굉장히 중요합니다. 남의 연락의 기술 피드백을 잘해주는 분이 있다면 모두 이런 관점을 적용하실 겁니다. 하지만 언제까지나 남의 도움을 받을 수는 없는 법, 자꾸 스스로 피드백을 해보는 연습을 가져보세요. 이런 연습은 누구나 할 수 있는 것이고 자꾸 하시다보면, 피드백 할 때마다 정확한 상황판단이 가능한 실력의 경지에 이르실 수 있습니다. 실패한 연락의 기술이라고 실망하지 마세요. 이렇게 피드백 하시다보면 뭘 안해야할지 스스로 터득할 수 있습니다. 책으로 배운 것은 금방 까먹지만, 스스로 몸으로 배운 것은 잊혀지지 않습니다.

3. 연락의 기술 구장별 초기전략

3. 연락의 기술 구장별 초기전략

　　연락의 기술은 사실상 어느 정도 기술이 정해져있지만 구장별 상황과 여성 개개인의 심리도 다릅니다. 따라서 구장마다 어떻게 번호를 받아서 연락을 해야 하는지가 조금씩 다르다고 봐야 하는 게 맞습니다. 그래서 이번 파트에서도 장소별로 응용되는 연락의 기술의 차이를 구분하고 이에 대한 설명을 해드리도록 하겠습니다. 물론 이전과 똑같이 분류되는 장소는 나이트, 클럽, 일반헌팅(데이게임), 호프집, 기타(소개팅, 미팅, 맞선 등)로 나뉩니다.

나이트클럽

여성들은 나이트에 어떤 심리 때문에 올까요? 이에 대한 해답은 다양합니다. 주말이 오면 주중의 스트레스를 풀러 오는 경우도 있고, 회식자리에서 다른 사람을 따라오기도 하며 남자친구가 없어서 외로워서 오는 경우가 대표적이라고 봅니다.

하지만 문제는 나이트 자체가 항상 '낯선 만남', '강제 만남(웨이터가 끌고 오니까)'이라는 제약조건이 걸린다는 점이죠. 따라서 여성이 상대방을 판단할 때 평소보다 더욱 엄격하게 판단하게 됩니다. 일단 한번 열리면 주체할 수 없겠지만, 여성의 마음을 열기에는 나이트란 구장이 쉽지 않습니다.

이 때 여성이 남성을 보는 3가지 조건이 외모, 능력, 대화술입니다. 여성은 3가지의 균형을 평균점으로 남성의 가치를 평가하게 됩니다. 그런데 재미있는 사실 한 가지, 나이트클럽에서는 대화라는 것은 나머지 2개가 우선적으로 통과되어야 이뤄진다는 점입니다. 무슨 말이냐면 1차적인 호감을 얻어야 하는데, 이 때 작용하는 것이 외모와 능력이라는 것입니다. 이 2가지가 통과가 되어야, 그 다음 대화라는 기회가 제공된다는 말이지요.

하지만 1차 호감도가 통과 되더라도 대화술이 통과되지 못한다면, 여성과의 어떠한 관계로 발전한다는 것은 실패라고 봐도 무방할 것입니다. 물론 외모는 바로 확인이 가능하지만, 그렇다면 어떻게 능력적인 면이 1차적으로 확인이 될까요? 그 점은 생각보다 간단합니다. 나이트클럽에서는 보통 자리에 따라서 남자의 능력이 결정되는 것으로 여성의 눈에 비춰지기 때문입니다. 즉, 테이블이 가장 낮은 능력을 증명하고 부스는 중간급의 능력을 증명하며, 룸은 최상급의 능력을 증명하는 셈이란 거죠.

따라서 능력+외모가 1차 호감도이기 때문에 이런 능력과 외모를 같이 평가한 다음, 여성이 남성에게 제대로 된 대화의 기회를 줄지 주지 않을지를 결정하게 됩니다. 물론 능력이 후달리더라도 외모가 뛰어난 남성이라면 여성의 1차 호감도를 무사히 통과할 수도 있습니다. 이 경우 여성은 남성을 보는 가치관에 있어서 외모를 가장 중요시하는 경우라고 볼 수 있겠죠.

이런 과정이 나이트클럽에 온 여성의 마인드에 바로 해당됩니다. 그리고 여성은 나이트클럽에 온 마인드 자체에서도 남성과 많은 차이를 보입니다. 나이트클럽에 오면 무조건 여성과의 잠자리를 원하거나 합석을 해서 그날 술자리를 이루지 못하면 크게 아쉬울 수 있는 게 남자들입니다. 이런 심리 때문에 남성들은 서두르고 조급해 하는 경우가 많습니다. 하지만 여성들과는 조금 다릅니다. 즉, 여성들은 무료로 술 한 잔 마시며 다양한 남성들과 대화를 하는 자체가 이미 스트레스를 푸는 원동력이 됩니다. 그녀들은 남자를 고르고 고르는 과정 자체에서 재미를 많이 보기 때문이죠. 또한 여성들은 당일 날보다 추후의 만남, 즉 애프터를 하는 것 장기적인 만남을 훨씬 선호합니다. 연락의 기술에 대한 전략도 이런 심리적인 차이에 따라 구성되어야 합니다. 한 가지만 말씀드리자면 여성의 몸을 얻는 남자는 삼류지만 여성의 마음을 얻는 남자는 일류입니다.

1) 나이트클럽에서 번호를 받는 타이밍

나이트클럽에서 번호를 받는 타이밍은 간단합니다. 보통 여성과 대화를 하다가 대화가 더 이상 진행이 되지 않을 만큼 여러분의 머리가 백지화되기 시작했다면, 여러분은 여성에게 자연스럽게 번호를 물어야 할 것입니다. 물론 이것은 나이트클럽에서 번호를 받는 대표적인 타이밍 중에 하나에 해당됩니다.

두 번째 타이밍은 여성이 화장실을 가고 싶어 하거나, 자리를 벗어나 자신의 자리로 갈려고 하는 뉘앙스를 풍기는 경우입니다. 이 때 여러분은 여성에게 번호를 물어야 합니다.

세 번째는 2명 이상의 여자가 부킹을 왔는데, 그 2명 이상의 여자가 일행일 때 해당되는 경우입니다. 내 옆에 있는 부킹녀가 아닌 여러분의 윙 옆의 파트너 부킹녀가 말을 하지 않고 가만히 여러분의 부킹녀를 쳐다보고 있다면 그것 또한 번호를 받아야 할 타이밍인 겁니다. 그것인즉슨, 여러분의 동료 부킹녀가 자리를 뜨고 싶은 것이며, 그런 신호를 여러분의 부킹녀에게 보내는 중이라는 뜻에 해당되죠. 그래서 조만간 여러분 옆에 여성은 일행에 의해서 자리를 뜨게 될 것이기 때문에 이런 경우 역시 빨리 번호를 받는 게 좋습니다.

2) 나이트클럽에서 번호를 받을 때 명분 제시

번호를 받을 때 무슨 멘트로 제안을 해야 할지 몰라서 망설이는 경우가 종종 있습니다. 이런 경우 '마음에 들어서 그런데 연락처 좀 알려주세요, 이따가 연락하고 싶은데 알려주세요.'라고 평범하게 물어볼수도 있습니다.

물론 이런 기본적인 멘트가 잘못되었다는 것이 아닙니다. 따라서 이런 평범한 멘트도 올바른 방법이라고 볼 수도 있죠. 하지만 더욱 효과적인 방법이 있는 것 또한 사실입니다.

우선은 간접적으로 여성에게 번호를 왜 받아야 하는지 자연스러운 명분을 제시해야 합니다.

　- 혹시 카톡하세요?

　　제가 카톡친구 요즘 모집 중인데 제 카톡친구 좀 해주시죠?

　- 옷깃만 스쳐도 인연이라던데 우리는 술 한 잔하고 대화도 했으니

　　번호 정도 알고 지내는 게 좋을 것 같아요.

이런 경우는 여성의 호감이 확실하지 않을 때, 조금은 조심스럽게 번호를 물어보는 간접적인 경우라고 볼 수 있습니다. 하지만 여성이 여러분에게 강력한 호감을 느끼고 있고, 이 점을 여러분이 확실히 캐치했다면 여러분은 그냥 자연스럽게 대놓고 돌직구 형태의 말로 번호를 물어봐도 무방합니다.

- 너 번호 좀 알려줘 앞으로 연락하고 지낼려고

  (애프터를 하고 싶은 경우)

- 번호 좀 알려줘 이따가 연락할게

  (합석을 유도하고 싶은 경우)

이 한마디는 '앞으로' 와 '이따가' 의 차이일 뿐이지만 목적이 분명하게 다르다는 것을 명심했으면 좋겠습니다. 명분이 없어도 된다면 관심은 명확해야 하고 관심이 명확하지 않다면 명분이라도 확실히 제시를 해서 번호받기 제안을 해야 합니다.

하지만 많은 사람들이 또 여기서 한 가지 실수를 저지르고 마는데요. 바로 여러분들이 그 자리에서 여성의 번호를 확인하지 않는 경우를 말합니다. 즉, 번호를 받은 후에는 그대로 통화버튼을 눌러서 여성의 번호에 나의 번호가 우선 뜨는지를 확인도 하고, 여성의 핸드폰에 나의 번호를 이름까지 저장을 해주는 게 좋습니다. 나중에 연락했을 때 최소한 내가 누군지 몰라서 연락을 무시 당할 가능성은 최소한 없을 것이기 때문입니다. 씹혀도 일부러 씹힌다는 사실을 알면 버리기도 편합니다. 이미 저장된 상태에서 나의 카카오톡을 무시한다면 그것은 의도적인 무시라고 여성의 심리를 읽어 낼 수도 있기 때문입니다.(폰에 저장된 번호는 기본적으로 카카오톡에 자동연동이 되니까요)

청담동 및 강남 클럽권

클럽에 오는 여성의 심리는 나이트의 여성의 심리와 비슷한 듯하면서도 다른 경향을 보입니다. 어떻게 다르냐고 물어보는 사람들이 있는데요. 클럽은 음악을 즐기러 오는 여자도 있는 반면에 춤을 추러 오거나 남자의 유혹을 받기 위해 오는 여자도 있습니다. 하지만 나이트클럽에는 춤을 추러오는 여자는 부킹을 하지 않는 경우가 대다수입니다.(테이블에서 부킹을 받지 않겠다고 표시할 수 있습니다) 혹, 부킹을 와도 남성에게 크게 관심이 없음을 나타냅니다. 이른바 스프링이죠.

하지만 클럽은 몽환적인 분위기를 즐기러 오는 여성들이 남성들에게 술 한 잔을 얻어먹으면서 분위기를 즐기러 오는 경우가 상당히 많다고 보면 됩니다. 인위적인 만남 같은 나이트클럽과는 달리 자연스러운 스킨쉽과 대화가 오고가는 것이 바로 클럽의 가장 큰 특징이라고 할 수 있죠. 클럽에 오는 여성들은 나이트클럽 보다는 조금 더 개방적이고 유학파출신이라던가 개방된 오픈마인드를 가진 여성들이 대다수가 매니아층을 이루고 있습니다.

(물론 이 경우는 강남권/청담권 클럽)

그리고 클럽과 나이트의 결정적인 차이점 한 가지가 더 있습니다. 평소에 정신적으로 스트레스를 많이 받는 사람들은 클럽에 혼자서 온다는 점입니다. 즉 클럽은 프리하기 때문에 혼자 오는 여성도 꽤 있는 편입니다.(물론 많지는 않죠.)

클럽 내부는 에너지 자체가 워낙에 강력하게 흐르는 공간이므로 남성들도 에너지를 가진 남성의 느낌을 보여주는 것이 클럽에서 이성에게 매력적으로 보일 가능성이 클 것이란 점, 명심하세요. 매력적으로 보일수록 연락의 기술도 잘 된다는 점도 명심하시길 바랍니다.

1) 클럽에서 번호를 받는 타이밍

그렇다면 클럽에서 번호를 받는 타이밍은 과연 언제 일까요? 클럽에서는 서있는 여성에게 접근하여 대화를 일정시간 자연스럽게 진행한 뒤 그 다음에 번호를 받는 것이 일반적입니다. 하지만 대화를 일정한 시간 동안 하다보면 서 있는 상태로 대화를 더 이상 오래 이끌기가 어렵다는 점을 알 수 있을 겁니다. 이유는 간단해요. 클럽이라는 공간이 매우 시끄럽고 공간에 비해서 사람이 많다보니 동작 자체도 매우 제한적이기 때문입니다. 그래서 많은 사람들이 중간에 여성과의 자연스러운 부비부비 같은 춤을 삽입하곤 합니다.

일반적으로 어느 정도 대화를 풀어 낸 뒤 좀 더 흥미로운 대화를 이어가고 싶다면, 중간 중간 춤을 삽입하여 클럽다운 텐션을(긴장감) 유지하는 방법이 있습니다. 그리고 너무 루즈 해지기 전에 다음을 기약하면서 번호를 받아내는 것입니다. 여성에게 흥미를 유발시킬만한 대화를 서있는 상태에서 더 이상 진행하기 어렵다면 그때가 바로 번호를 받아야할 타이밍입니다.

물론 클럽에서 스탠딩만 하는 경우만 있는 게 아닙니다. 돈을 좀 써서 클럽내의 테이블을 잡을 수도 있지요. 이 경우는 스테이지나 바 주변의 여성을 자신이 직접 접근해서 테이블로 데려오는 상황에 해당됩니다.

테이블로 데려온 여성과 대화를 하고 분위기도 어느 정도의 진도를 밟고 있다고 칩시다. 처음에는 분위기가 좋았지만 시간이 지날수록 분위기가 점점 다운되어간다면 여성의 감정이 점점 하락됨을 눈치채야 합니다. 그럴 때가 바로 번호를 받고 여성을 보내야 하는 경우라고 보면 됩니다. 오히려 번호를 받을 타이밍을 놓치면 여성들은 번호를 주지 않고 가버리는 경우가 허다하기 때문입니다. 나머지는 나이트클럽과 비슷한 상황이라고 보면 됩니다.

2) 클럽에서 번호를 받을 때 명분 제시

클럽에서는 사실상 번호를 받는 것보다 어느 정도 여성과 대화를 진행하는 것이 매우 중요하다고 볼 수 있습니다. 더욱 더 나아가서는 남성이 원하는 방향으로 이끄는 것이 매우 중요합니다. 대화라는 과정이 잘 진행되어야 번호를 받을만해 집니다. 클럽에서의 접근은 2가지로 나뉜다고 보면 되기 때문에 명분 제시 또한 간단하게 나온다고 생각하면 됩니다. 즉, 스탠딩으로 접근해서 번호를 받을 때와, 테이블에 여성을 앉히고 놀다가 번호를 얻는 방식 입니다. 따라서 둘은 각기 방법이 다릅니다.

◇ 스탠딩으로 접근 후 번호를 받을 때
- 제가 이제 저의 고향으로(유머) 돌아가야 하는데 나중에 (추후 만남 기약) 연락 드릴테니깐 연락처 알려주세요. 제가 그쪽한테 도움이 되는 남성이 될 수도 있잖아요.

스탠딩에서의 간단한 예시입니다. 하지만 이런 한 가지 사례만으로도 멘트를 일부분을 살짝 바꿔 여러 방법으로도 응용할 수가 있다는 점을 알아두셔야 합니다. 그리고 잊지 말아야 할 점이 있습니다. 스탠딩에서 번호를 받고 빠질 경우에는 여성에게 나중을 기약하는 멘트를 쓰면서 번호를 받는 것이 중요하다는 점입니다.(나중에 연락드릴게요.)

◇ 테이블을 잡고 번호를 받을 때
- 테이블을 잡고 번호를 받을 때는 친구끼리 왔는데 여성의 친구가 나의 파트너가 마음에 들지 않아서 떠나는 경우가 있습니다. 이럴 경우 사실상 여러분의 파트너까지 보내야 하는 상황이 옵니다. 이럴 경우에 번호를 받으려면 다음과 명분을 제시합니다.

- 인연은 만들어 가는 거라던데 지금 대화를 많이 못해서 아쉽네요. 앞으로 편하게 연락하면서 지내봐요. 제가 별명이 플러스에요. 인생에

있어서 도움이 되는 인간이라는 별명이거든요.(핸드폰을 내밀며)

간혹은 할 말이 없어서 여성을 보내야할 경우도 있습니다. 그럴 때는 다음과 같이 던집니다.

- 앞으로 우리 친하게 지내는 기념으로 서로 연락처 교환할까??

모든 번호를 받을 때는 사실상 여성이 나에게 호감이 있다는 전제하에 이루어져야 합니다. 호감이 없다면 번호를 받아도 사실상 번호가 죽기 때문입니다.

클럽에서도 다양한 형태가 더 존재하지만 나이트클럽과 비슷한 형태로 이루어지기 때문에 나머지 경우는 생략하도록 하겠습니다. 멘트는 많아야 좋은 게 아니라 적절한 상황에 필요한 멘트 한두 개만 있어도 충분합니다. 무딘 단검 백 개를 가지고 있는 거보다, 잘 드는 장검 한 자루 가지고 있는 것이 좋은 것처럼 말입니다.

길거리 헌팅

여성의 심리가 다양하면서도 변수가 가장 많은 곳이 길거리 헌팅입니다. 하지만 길거리 헌팅은 변수가 다양한 만큼 우리가 원하는 이상형을 만날 수가 있다는 점에서 굉장히 높게 평가됩니다. 하지만 그만큼 변수도 많고 다양한 상황에 놓인 데다가, 시대가 갈수록 각종 범죄 및 흉흉해지는 사회적인 인식 때문에 헌팅에 대한 인식도 점점 안 좋아지고 있습니다. 그러므로 길거리 헌팅에서 조금 더 우리가 효과적으로 여성에게 매력을 어필하기 위해서는 과거보다 다양한 노력이 필요합니다.

대개의 일반 헌팅남들이 제대로 된 헌팅방법을 통해서 헌팅을 하지 않기 때문에, 여성들이 남성에 대한 인식이 점점 안 좋아지고 있는 현실이긴 합니다. 하지만 제대로 된 방법으로 한다면 어려워지기는 해도 성공적인 헌팅을 할 수가 있을 것입니다. 길거리 헌팅의 올바른 방법에 대해서는 퍼시드의 실전연애종합반이나 일대일 강의에서 제대로 된 기술을 익힐 수 있습니다. 특히 일대일 강의에서 길거리 헌팅 방법에 대해서 세세하게 가르치니, 이를 참고하시길 바랍니다. 혹여유가 안 되시는 분들은 퍼시드의 비매품 서적 《퍼펙트 시덕션》, 《여자사용설명서》에서도 길거리 헌팅 방법론에 대해서 자세히 설명하고 있습니다. 물론 카페 내부의 무료자료에서도 간단한 길거리 헌팅 방법에 대해서 볼 수 있습니다.

1) 길거리 헌팅에서의 여성심리 파악

길거리 헌팅에서는 여성들의 걸음걸이로 여성의 심리를 파악하기가 매우 용이합니다. 또한 여성들이 걸어가면서 취하는 보디랭귀지 및 행동을 패턴으로 보면 상대방의 심리를 파악하기가 더욱 더 용이해 집니다.

길거리 헌팅에서 여러분은 상대방의 심리를 꼭 알아야 합니다. 그래야 우리가 접근해야할 전략을 제대로 세울 수가 있기 때문입니다.

연락의 기술에서 이런 길거리 헌팅 관련 내용을 다루는 것은 모든 장소 중에서 길거리 헌팅이 제일 연락의 기술을 오래하고 제대로 해야 여성과의 만남을 할 수가 있기 때문입니다. 이른바 낮게임이라 불리는 데이게임과도 거의 일치하는 게 길거리헌팅입니다. 당장 1대1 합석 제안이 가능한 극히 일부의 경우를 제외하고 길거리 헌팅은 여성의 연락처를 알아내고 연락의 기술로 애프터를 이끌어내는 데에 집중됩니다. 따라서 길거리 헌팅에서 초반 접근 단계만큼 중요한 것이 연락의 기술이라고 볼 수 있습니다.

여기서 간단하게 보디랭귀지와 행동패턴으로 길거리 헌팅에서의 여성 심리의 종류를 나열해보겠습니다. 우선 걸음걸이가 매우 빠른 여성은 심리적으로 지금 어떠한 목적지를 향해서 급히 나아가는 경우가 많습니다. 만약 접근을 하더라도 여러분을 무시할 경향이 매우 커진다고 볼 수 있지요.

그렇다면 반대의 경우는 잘된다는 뜻이겠죠? 만약 약간은 주위를 두리번거리면서 느린 걸음걸이로 가는 여성에게 접근을 한다면 성공 확률이 높아집니다. 그런 여성들은 심리적으로 느긋한 마음을 가지고 있기 때문에 여러분의 접근을 무시하지 않을 가능성이 크다고 볼 수 있습니다.

두 번째로는 여성이 한 공간에 홀딩이(서있거나 앉아 있는) 된 경우입니다. 이 경우 오히려 먼저의 경우보다도 접근이 용이합니다. 우선 여성의 걸음걸이 멈추게 할 필요가 없습니다. 따라서 접근을 해서 바로 멘트를 날리면 되기 때문에 크게 어렵지 않다고 볼 수 있습니다. 그리고 짐이 많은 여성보다는 짐이 적은 여성이 접근이 당연히 성공률이 좋습니다.

만약 옷을 수수하게 입고 나온 여성과 화려하게 차려입고 나온 여성이 있다면? 당연히 후자가 가능성이 크다고 볼 수 있습니다. 이유는 화려하게 입은 여성일수록 자신이 관심 받는 것에 대해서 굉장히 자기만족감을 누리기 때문입니다. 마지막으로 핸드폰을 만지면서 걸어가는 여성은 대략적으로 남자친구가 있을 가능성이 매우 높습니다. 걸어가면서까지 핸드폰을 하는 것은 사랑하는 사람과 문자를 할 때 그러한 패턴을 보여주기 때문입니다. 참고로 이 경우는 퍼시드에서 직접 경험을 통해 통계를 내본 결과입니다. 그렇다고 지하철이나 버스, 약속장소까지는 해당이 덜 되니 참고 부탁드립니다.

그리고 여성의 심리는 헌팅을 하는 시간과 장소에 따라서도 유동적입니다. 일반적으로 우리가 헌팅을 분류할 때는 낮에 할 수 있는 헌팅, 저녁에 가능한 헌팅 이렇게 시기적으로도 나눌 수 있지만 유흥가와 유흥가가 아닌 곳 이렇게 2가지로도 분류가 가능합니다.

여러분이 낮에 하는 헌팅은 대부분 직장인이 아닌 대학생과 취업 준비생이 대당자인 경우가 많습니다. 또한 밤에 하는 헌팅은 퇴근하는 직장인이 대상자가 되는 경우가 많다는 것을 알아두면 매우 유용할 것입니다. 여자의 신분이 다르므로 우리가 취해야할 전략이 달라집니다.

그리고 유흥가에서 하는 헌팅은 여성들이 기본적으로 헌팅에 대해서 크게 두려움을 많이 갖지 않는 경우가 많습니다.(이 경우 헌팅에서 자신감+재미) 유흥가가 아닌 로드에서는 헌팅 자체에 대해서 낯설어하고 두려워하는 여성들이 많습니다.(이 경우는 경계심을 덜어내는 게 핵심) 이에 맞는 맞춤형 전략을 잘 구상해보시길 바랍니다.

2) 길거리 헌팅에서 번호를 받는 타이밍

길거리 헌팅의 목적 자체가 번호를 받는 것이 대다수이기 때문에, 번호를 받을 타이밍을 여러분들이 정확히 알아두면 매우 좋을 것입니다. 특히 길거리 헌팅에서 접근 초반부터 여성에게 번호를 요구하는 행동은 정말 어리석은 행동입니다. 호감도 아직 나온 것이 없고, 대화도 얼마 되지 않은 상태에서 번호를 요구하는 것은 너무 앞서가는 행동이라서 거절을 당하기 쉽습니다. 그러므로 충분하게 대화를 이끌어내고 어느 정도 호감을 산 다음에 번호를 요구하는 게 좋습니다. 가장 처음에 접근할 때는 유머나 관심 끌기 형 멘트로 시작해서, 그 다음에 간단한 호구조사를 통한 공감대형성을 한 후에 마지막으로 내가 여러분에게 관심이 있다는 관심선언의 과정을 거쳐야 합니다. 그리고 그 다음에 번호를 요구하면 될 것입니다. 생각보다 어렵지 않죠?

하지만 유흥가 근처에서 헌팅을 하는 경우는 좀 다릅니다. 여성들에게 접근하여 대화가 잘 진행이 되고 여성에게 호감이 많이 보인 경우라면 굳이 번호를 받지 않아도 된다. 그 자리에서 합석이나 이동 제안을 할 수 있기 때문입니다. 모든 것은 그때그때 할 수 있는 최상의 결과물을 이끌어 내면 되는 것이니까요. 따라서 대화를 하다가 마지막에 근처 호프집에서 합석을 이끌어 내는 것도 매우 좋습니다.

물론 2:2라면 더 좋지만 1:1이라도 해도 안 된다는 생각은 갖지 마십시오. 해봤자… 안될 거야…라는 부정적인 생각은 여러분의 발전을 막기만 하니까요.

3) 길거리 헌팅에서 번호를 받을 때 명분 제시

길거리 헌팅에서 번호를 받기 위해서는 항상 명분 제시가 필요합니다. 물론 딱히 정해진 가장 좋은 명분 제시란 것은 없지만 가장 보편적으로 쓰는 명분 제시 패턴이 있긴 합니다.

이것을 설명하기 위해 잠깐 여성의 관점으로 넘어가 보죠. 여성은 남성이 갑작스럽게 접근을 할 때 남성이 아무리 매력적일지라도 낯선 남자가 접근하는 형태에 대해 거부감과 거리감을 크게 가지고 있습니다. 그러므로 '내가 당신에게 사귀자거나 애인하자'는 형태가 아닌 '앞으로 친근하게 지내고 싶다, 아무런 사적인 감정이 없다. 친구로 지내고 싶다'는 형태를 가장 많이 사용합니다.

물론 이것은 현재도 많이 사용되는 멘트 중에 하나입니다. 간단한 스크립트를 통해서 명분 제시를 몇 가지 알아보도록 하겠다.

- 사람은 항상 인연의 고리 속에서 살아 간데요. 앞으로 친하게 지내

  고 싶은데 부담 없이 친구로 지낼 겸 연락처 알려주세요.

- 애인하자거나 결혼하자는 것은 아니에요. 그냥 편하게 알아가고 싶

  어서 그런데 연락처 좀 알려주세요.

- 그쪽이 매력적인 여성이어서 그런데 매력은 나눠야 두 배가 되거든

  요. 그래서 그런데 연락처 좀 알려주세요.

보시면 알겠지만 비슷한 패턴으로 약간씩 멘트를 변형시킨 것입니다. 이렇게만 해도 다양한 명분 제시를 할 수 있습니다. 상황마다 상대방에게 합리적인 명분 제시를 할 수 있다면 여자의 입장에서 거절을 하기 힘들게 될 것입니다.

항상 필자는 말하지만 진심이 없이 길거리 헌팅을 하지 않기를 바랍니다. 진심이 없는 헌팅을 한다면 당신은 헌팅할 자격이 없다고 말하고 싶습니다. 당신의 인연을 만들기 위해서 행동 한다면 저는 적극 추천합니다.

호프(술집)

호프집은 보통 국내에서 누구나 쉽게 이용을 많이 하는 흔한 공간입니다. 대한민국에서는 원래 부킹형 호프를 표방한 곳이 그렇게 많지 않았습니다. 그냥 자연스럽게 술 한 잔 하면서 합석을 하는 일반형 형태의 호프집 및 바가 가장 많았지만 요즘은 스마트한 시대답게 호프집들도 시대의 트렌드에 맞춰가고 있습니다. 즉, 룸식형 호프라던가 부킹형 호프를 표방하는 곳들이 굉장히 많아지고 있습니다. 퍼시드에서도 과거 아이패드를 이용한 신촌의 부킹형 호프와 제휴를 맺은 적이 있습니다. 그리고 네덜란드 공영방송 촬영 시에도 한국의 이런 부킹호프시스템을 독특한 한국의 문화라고 취재를 해간 적도 있습니다.

어쨌거나 다른 장소인 클럽, 나이트, 길거리 헌팅보다 훨씬 보편적으로 이용가능한 곳이 호프집이라는 것은 부정할 수가 없는 사실입니다. 그렇다면 호프집에 오는 여성의 심리는 과연 어떠할까요? 이 의문점을 일단 풀어보도록 하겠습니다.

1) 호프집에 오는 여성심리

일반적인 호프집에 오는 여성은 큰 목적의식 자체는 없습니다. 간단하게 술 먹으러 오는 거니까요. 하지만 요새 부킹호프집이 늘면서 일반호프집은 특별한 목적이 없는 데에 반해 부킹호프집은 그 목적이 분명합니다.

일반호프집은 대화를 하고 술을 먹으러 가는 곳입니다. 따라서 이런 곳에 오는 여성들은 오랜만에 만난 친구와 담소를 나누거나 혹은 고민을 나누기 위해서 오는 경우, 비가 오는 날 고독해서 오는 경우 등 지극히 일상적으로 호프집에 오는 경우가 많습니다.

하지만 부킹형 호프에 오는 여성들은 좀 더 다른 양상을 보입니다. 부킹형 호프집들은 대부분 음악이 일렉 하우스 음악이나 트렌디한 댄스가요들이 주류를 이룹니다. 따라서 음악 때문에 조용한 이야기를 나누기엔 거의 불가능한 곳이기도 합니다. 따라서 여성들은 음악과 분위기를 즐기러오는 여성들 그리고 남성들의 접근을 즐기면서 스트레스를 풀러오는 여성들로 구성되어 있습니다. 하지만 이런 분위기가 형성되는 만큼 일반적인 호프집보다는 여성들에게 접근하는 남성들의 숫자가 많기 때문에, 그에 따라 여성들의 마인드는 굉장히 콧대가 높기 마련입니다. 부킹형 호프에서 이성에게 접근 시, 여성에게 거절당한 것은 여성의 입장에서 볼 때 상대 남성이 합석할 만한 큰 매력적인 요소가 없다는 것을 말해 줍니다.

2) 호프집에서 번호를 받을 때 타이밍

호프집에서 번호를 받는다는 것은 사실상 많은 남성들이 하는 행동입니다. 모든 유혹과 작업은 차별화에서부터 비롯되는데, 일반적인 남성이 호프집에서 번호를 받는 경우를 살펴본다면, 이 과정에서 딱히 차별화 된 무엇인가를 집어낼 수는 없을 것입니다. 이런 멘트적인 차별화가 없는 상태에서 번호를 줄만한 나머지의 매력도 없다면 여성은 당신에게 번호를 주지 않을 것입니다. 아니면 거절 못해서 마지못해 주거나, 다른 이상한 번호를 찍어줄 것입니다.

이러한 호프에서 과연 어떠한 타이밍에 번호를 받을 것인가를 고민해볼 필요가 있습니다. 2000년대 중후반만 해도 부킹형 호프가 거의 없었으며 그 때 이책의 저자 연애코치 곽현호는 대학교 근처 호프집에서 수많은 접근을 해 본 경험이 있습니다. 그래서 내린 통계적 연구 분석 결과는 다음과 같습니다.

분석결과 접근 후 최상의 결과는 합석입니다. 하지만 분명 합석이라는 것은 그 중 맘에 드는 여자를 끌어내서 1:1로 되는 것이 아닙니다. 2:2든 3:3든, 4:4든 거기 인원 모두 서로가 어느 정도 합의안을 이끌어내야 합석이 됩니다.

하지만 세상 남녀들이 서로 좋아하는 스타일이 많이 다른데 이것이 쉽지만은 않을 것입니다. 결국 접근은 했지만 접근한 여자들의 거절로 다시 자리로 돌아와야 하는 경우가 많았습니다. 근데 바로 이럴 때가 당신은 여성에게서 번호를 받아야 할 타이밍입니다.

두 번째는 합석 후 여성들과 분위기가 갑자기 급하락되는 경우입니다. 혼자 가서 여러 명의 여성을 상대하다보면 화술의 한계가 올 때가 분명히 있습니다. 이런 시점이 당신의 파트너인 여성에게 번호를 받아야 할 타이밍입니다.

하지만 호프집 접근에도 남들과는 차별화된 전략이 있습니다. 바로 화장실 앞에서 여성에게 접근 하는 방법입니다. 이것은 클럽이나 나이트에서도 똑같이 작용되는 전략입니다. 즉, 화장실 앞에서 기다리고 있다가 마음에 드는 여성이 나왔을 때 다가가서 접근멘트를 던지는 방식입니다. 이것은 다른 남성들이 하지 못하는 용기있는 접근이라고 볼 수 있기 때문에, 이 자체가 바로 차별화에 해당됩니다.

그리고 또 괜찮은 타이밍이 한 가지 더 있습니다. 자리를 정리하고 나가는 여성들의 무리가 있다면, 그 여성분들한테 직접 달려가서 원하는 타겟 여성에게 번호를 받는 것 역시 꽤나 성공률이 높은 방법입니다. 물론 당신이 실패할 수도 있습니다. 그 경우야 여성이 선호하는 매력과 당신이 그 순간 보여줄 수 있는 매력이 어긋나는 경우입니다.

3) 호프집에서 번호를 받을 때 명분 제시

앞서 말한 내용에서도 언급했지만, 호프집에서 번호를 받는 경우는 합석이 이루어지지 않을 때, 합석하기에는 이미 상황이 느슨해졌을 때, 너무나 맘에 드는 여성이 화장실에서 나올 때 등으로 볼 수 있습니다. 그렇다면 이런 경우들마다 어떤 명분을 제시해야 하는지 좀 더 자세히 알아보겠습니다. 먼저 합석이 불발되어서 자신의 자리로 돌아와야 할 때 번호를 얻는 명분입니다.

- 안타깝네요. 365일중 오늘만이 꼭 날은 아니잖아요. 저도 조급하지 않고 여유로운 사람이거든요. 그러니깐 여유롭게 나중에 365일 중 여유로운 날에 한잔해요. 그런 의미에서 연락처 좀 알려 주세요.^^
- 제가 그쪽이 여성적인 매력이 넘쳤기 때문에 말 걸러왔거든요. 그런 매력은 혼자 갖지 마시고 저에게도 좀 나눠주세요. 하지만 지금은 상황이 아니니깐 나중에 연락드릴게요. 연락처 좀 알려 주세요.

물론 여성이 합석을 하고 싶음에도 당신 자신의 개인적인 사정으로 일찍 돌아가야 하는 경우도 있습니다.

- 제가 오늘은 정말 이렇게 대화 잘 통하고 매력이 물씬 넘치는 분들과 좋은 시간을 더욱 보내고 싶지만 제가 오늘 중요한 스케쥴이 (스케쥴이라는 단어를 쓰는 것이 여성에게 자신의 가치를 조금 올려줄

수도 있다.) 있어서요. 조만간 다시 자리 한번 만들어 보도록 하죠. 연락처 좀 알려주세요!(다른 유머적인 표현 : 당신의 고유번호 10자리 좀 알려주세요.)

마음에 드는 여성이 화장실을 혼자 이용하고 나올 때도 이렇습니다.

- 안녕하세요. 다른 것은 아니고 제가 아까 조명을 보다가 조명보다 빛나는 곳을 봤는데 그쪽 머릿결이 조명보다 더욱 빛이 나더라고요. 그래서 말 좀 걸러왔어요. 근데 친구들하고 오셨나 봐요? 저도 친구들하고 왔는데 이 호프집 안에 솔직히 여성들도 남성들도 굉장히 많잖아요. 하지만 그쪽이 제일 정감 가는 옷 스타일에 정감 가는 머릿결을 가지고 계셔서 제가 앞으로 알고 지내고 싶네요. 연락처 좀 알려주세요.

이 외에도 다양한 멘트와 표현이 존재합니다. 본 서적에서는 연락의 기술을 하기에 앞서서 할 수 있는 간략한 내용들을 몇 가지 다뤄봤습니다.

소개팅 or 맞선

사실상 대한민국에서 가장 많이 보편적으로 만남은 소개팅이나 맞선 혹은 미팅을 통해서 이루어집니다. 그리고 소개팅과 미팅은 여성의 입장에서 신뢰도가 높은 '입증되고 전제된 만남'이기 때문에 이 상황에서 여성의 마인드가 크게 닫혀있지는 않습니다.

그리고 이런 소개팅 맞선 자리에서 남성들은 예의를 많이 갖춘 태도를 보여주고, 격식있는 대화로 만남을 진행하는 경우가 많습니다. 하지만 이것도 일반인 남성들이 범하는 일반적인 실수라고 볼 수 있습니다. 소개팅이든 맞선이든 사실 소개방식과 안정된 장소라는 것에서 차이가 있을 뿐이고 게다가 다른 구장의 경우보다 여성이 여러분을 믿고 있는 감정은 강력하기 때문입니다. 그래서 오히려 대화가 잘 이루어질 수 있는데, 너무 예의만 갖춰서 잘 보이려고 하니 문제가 발생하는 것입니다.

사실 소개팅이나 맞선은 대부분의 경우 상대방의 연락처를 알고 오는 자리이기 때문에 연락처를 받아야 할 타이밍은 존재하지 않습니다. 이 경우는 소개팅 전에 할 수 있는 연락의 기술 전략에 대해서 알아보는 게 좋을 것입니다.

1) 소개팅 or 맞선을 보기 전 연락의 기술 전략

요새는 소개팅을 하기 전에 주선자로부터 서로의 연락처를 미리 받아서 만나기 전에 이미 서로 연락을 하고 대화를 주고받는 경우가 굉장히 많습니다. 따라서 이 때 밑밥을 제대로 다져 놓는다면 소개팅 자리에서 상당량의 진도를 뺄 수가 있습니다.

그렇기 때문에 이런 소개팅 전 연락의 기술에서 그냥 인사로 시작해서 간단한 호구조사만 하기는 너무 아깝습니다. 이 경우가 바로 아래의 패턴과 같습니다.

남성 : 안녕하세요. 반갑습니다. 저는 소개받은 김연호라고 해요.

　　　반가워요.

여성 : 네, 반갑습니다^^

　　　(여성들은 아직 상대방에 대한 매너로 이모티콘을 쓴다)

남성 : 네네. 반가워요. 28살이라고 하셨죠?^^ 저는 32살입니다.

　　　혹시 직장인이신가요?

여성 : 네, 맞아요. 직장인인데 그쪽분도 직장인이라고 들었는데.

남성 : 맞아요. 저는 평범한 회사원이에요.(이 스크립트는 회사원이라

　　　는 평범 직장을 가정) 식사는 하셨어요?

여성 : 먹었어요. or 아직 안 먹었어요. 혹시 연호씨는 드셨나요?

남성 : 전 먹었습니다. or 안 먹었습니다. 식사는 꼭 챙겨 드셔야죠.

　　　건강은 지켜야죠.

여성 : 네, 맞아요.

남성 : 그럼, 오늘 하루 수고하시고 또 연락드릴게요.

　소개팅 전 미리 연락을 해 본 일반 남성이라면 누구나 이런 평범한 대화를 해봤을 것입니다. 물론 이게 나쁘다는 것은 아니지만 그렇다고 해서 좋은 상황이라고 할 수도 없습니다. 이런 식으로만 대화가 오고가면 여성과 남성사이에 진행되는 감정이 딱히 상승되지 않기 때문이기도 하고, 여성에게 박히는 당신의 인상이 그냥 평범하고 재미없게만 각인될 수도 있다. 게다가 이건 첫인상입니다.

　뒤의 문자법칙에서도 잠깐 설명하겠지만, 여러분의 나쁜 습관 중에 하나는 문자를 매일매일 하지 않고, 며칠에 한 번씩 자기가 하고 싶을 때만 하는 것도 있습니다. 이런 스타일의 남성은 아마도 소개팅에서도 그런 행동을 할 것이다. 최소한 평범하게 대화를 진행할 것이면 소개팅녀에게 매일매일 연락의 기술이라도 하길 바랍니다. 연락의 기술의 기본 중에 하나는 매일을 빠지지 않고 하라는 것입니다.

2) 소개팅 및 맞선에서 다음 만남을 유도할 때 타이밍

소개팅과 맞선 전에 서로간의 연락처를 주고받고, 미리 연락을 하는 경우가 요새는 많다고 이미 언급 했습니다. 하지만 간혹 이 과정에서 첫 만남도 제대로 못하고 무산되는 경우가 많습니다. 그 이유는 다음과 같은 경우에 해당됩니다.

> 1. 여성과 대화코드가 전혀 맞지 않아 여성이 남성과 만남을 할 만한
>   가치를 느끼지 못할 때
> 2. 남성이 매너가 없고 이기적인 행동이 보일 때
> 3. 너무 일방적인 남성의 호감신호로 여성이 부담감을 느낄 때

소개팅에서 여러분이 만남으로 이끄는 연락의 기술은 어렵진 않지만 간혹 이런 몇 가지 실수 때문에 망가지는 경우가 있습니다. 과거에 연락을 하지 않던 시절에는 이런 일이 발생하지도 않았는데, 요새는 미리 연락하면서 실망하고 연락이 끊기는 경우가 있는 셈입니다.

그런 것을 막기 위해서 평범한 대화는 어쩔 수 없더라도, 첫 만남을 유도하는 타이밍은 정확하게 잡아야 합니다. 이 타이밍은 사실상 대화가 어느 정도 오고가면서 친밀감을 형성한 뒤에 해당됩니다. 아래 스크립트를 보면 이해가 잘 될 것입니다.

남성 : 안녕하세요. 저는 이번에 소개받은 곽현호 라고 해요.

여성 : 반갑습니다.^^

남성 : 네네, 반가워요. 혹시 일하고 계세요. or 수업중이세요?

　　　　or 학원이세요?

여성 : 네, 지금 일하고 있어요. or 수업중이에요.

　　　　or 학원에서 수업중이에요.

남성 : 힘드시겠네요. 먹고 사는 게 힘든 사회라서 개미처럼

　　　　부지런하게 일해야죠. 근데 혹시 오늘 한식 드시지 않았어요?

여성 : 한식이요? 매일 먹지 않나요? ^^;;

　　　　하지만 오늘은 파스타 먹었어요.

남성 : 한식 먹는 여자는 동양적 성격을 지닌 여성이고 파스타 먹는

　　　　여성 서양적 성격을 지녔다고 하더라고요. 근데 왠지 미희씨는

　　　　이중적 매력을 가졌을 것 같은데 맞아요??

여성 : 이중적 매력 어떤거요??

남성 : 한식도 먹고 서양 음식도 먹으니 그게 이중적 매력인거죠

　　　　좋은 뜻이에요. 다양한 매력이 있다는 표현이거든요.

여성 : 아 그래요?

남성 : 네. 그러면 저는 동양적 매력이게요??

　　　　아니면 서양적 매력이게요??

여성 : 음 동양이요. or 서양이요.

남성 : 동양적인 제가 따뜻한 마음과 푸근함을 지니고 있죠.

　　　　(동양적 매력이라고 할 경우) or 맞아요. 제가 트렌드하고 도시

적인 세련됨을 지니고 있죠.(서양적 매력이라고 할 경우)

남성 : 근데 미희씨는 보통 주로 언제가 가장 심심하고 지루하세요??

여성 : 저요? 음 저는 xx요.

남성 : 그렇다면 그때 제가 미희씨 좋아하는 파스타 사드릴 테니

그때 한번 부담없이 대화나 나누시죠.

여성 : 음.. 그럴까요??(거부반응이 나올 경우는 10%미만이다.)

얼핏 보면 그냥 평범한 대화에 몇 가지를 더 입힌 것처럼 보입니다. 즉 흥미 끌기 요소를 간단하게 몇 마디만 삽입한 것처럼 보인다는 말입니다. 하지만 이런 작은 어트랙션 요소부터 삽입시킬 때 차별화가 되고, 호감도도 상승시킬 수 있으며 친밀도가 증가합니다. 그리고 중요한 점은 이 경우, 흥미 끌기 요소에 해당하는 것이 음식입니다. 즉, 명분의 밑밥을 미리 깐 셈이지요. 미리 음식에 대한 이야기들을 했기 때문에 여기서 공통분모를 뽑아내는 순간 이 분모로 연결고리를 가지고 자연스럽게 명분을 제시하고 첫 만남을 유도했습니다. 사실상 이렇게 애프터를 잡고 첫 만남을 가진다면 실제 만남의 상황에서도 어색함이 굉장히 적을 가능성이 높습니다.

3) 소개팅 및 맞선에서 다시 애프터를 잡을 때

첫 만남 소개팅 자리에서 만약 성공적으로 여성에게 호감을 받았다면 다음 만남이 이뤄질 것입니다. 하지만 그 경우가 아니라면, 다음 만남이 이뤄지기 힘들 것이고 여성도 당신의 제안을 거절의 의사를 보낼 것입니다. 근데 많은 사람들이 이런 거절을 당함에도 불구하고, 거절인지 잘 모르는 경우가 많습니다. 하지만 여러분은 거절을 당한 것이 분명합니다. 대표적인 거절 패턴 몇 가지는 다음과 같습니다.

◇ 여성의 소개팅 첫 만남 후 애프터 거절 패턴 멘트

- 죄송한데 요즘 제가 바빠서 담주에 시간이 될지 모르겠어요.

- 제가 사실 요즘 누굴 만날 여유가 없어요. 일에 미쳐있거든요.

- 음 담주에 시간되면 연락드릴게요.

이런 거절의 뒤에는 공통되는 패턴이 있습니다. 이 문장을 자세히 살펴보면 아시겠지만 단호한 거절이 아니라는 점입니다. 여성은 애매모호하게 간접적으로 거절을 합니다. 그 이유는 아주 간단합니다. 소개팅을 해준 주선자의 입장을 생각하기 때문입니다.

첫 만남 후에 연락을 주고받는 패턴 한 가지를 더 보도록 하겠습니다.

남성 : 오늘 즐거웠고요. 잘들어가셨어요?

여성 : 네, 잘들어갔어요. 현호씨는요??

남성 : 저도 잘들어갔어요. 요즘 조심해야되요.

　　　세상에 늑대가 많아서요. 저만 빼고요.

여성 : 현호씨는 늑대 아니세요?

남성 : 네. 전 치타에요.

　　　치타는 자기가 좋아하는 암컷을 지켜내거든요.

여성 : 오, 그런 남자시구나.

남성 : 네, 피곤하실텐데 주무시고요. 내일 연락할게요.

여성 : 네 잘자요

　　이 대화와 이어지는 대화를 더 보도록 하죠. 그 다음날 여성과 간단한 이야기를 좀 더 주고받으면서 호감을 증폭시키고 애프터를 유도하는 패턴을 보겠습니다.

남성 : 혹시 요즘에 아이언맨3 라는 영화가 굉장히 재밌어 보이던데

　　　그거봤어요?

여성 : 아니요. 보고 싶어요. 저 그런 영화 좋아하거든요.

남성 : 정말요? 그러면 저도 그거 많이 보고 싶은데 저랑 같이 편하게

　　　볼래요?

여성 : 같이요? 음… or 좋아요

여기서 주목할 점이 있습니다. 대뜸 영화를 같이 보자는 말을 꺼내지는 않고 보고 싶은 영화가 있으니, 그걸 같이 보자고 말했습니다. 즉, '우리가 만나는 것은 단지 영화를 보기 위해서다.' 라는 간접적 목적성을 전달했습니다. 이런 간접적인 목적성이 직접적인 제안보다는 거부감이 덜하다는 점도 알아두시길 바랍니다. 물론 직접적인 제안이 나쁜 것은 아닙니다. 하지만 항상 명분이 분명해야 합니다.

4. 문자, 통화, 애프터

4. 문자, 통화, 애프터

문자(카톡)

1) 첫 문자

연락처를 받은 상황이 어떤 상황이냐에 따라서 간격의 차이는 있겠지만, 어떤 상황이든 전반적으로 첫 문자는 빨리 보내는 게 좋습니다. 이 전에도 간간히 설명이 했겠지만, 느리고 빠름에 대한 수치적인 기준은 없습니다.

만약 너무 빨리 보낸다면 여러분이 너무 저렴해 보일 수 있습니다. 번호를 따자마자, 1분 안에 문자를 보내기는 아무래도 그렇습니다. 그렇다고 몇 시간이 지나서 각인된 기억이 흐물흐물 해질 때 보내는 것도 좀 아니라고 봅니다. 특히, 나이트클럽이라면 여자입장에서 부킹을 이리저리 왔다갔다 그래서 이 둘 사이에 조정이 필요한 거죠. 그렇긴 해도, 전체적으로 봤을 때는 빠른 쪽에 무게가 실립니다. 굳이 퍼시드에서 말하는 시간을 보면 헌팅의 경우는 10~30분 이내, 나이트의 경우는 10분 이내(당일 합석을 원하는 경우), 이 외에는 각 장소에서 집에 갈 타이밍이나 다음 날에 보내기도 합니다. 물론 집에 갈 타이밍이나 다음 날에 보내는 경우엔 애프터에 해당됩니다.

사실, 첫 문자는 타이밍이 중요한 거지, 내용이 중요한 게 아닙니다. 그렇다고 내용을 너무 막 써서 보내라는 말은 아닙니다. 이를테면, 첫 문자 내용은 너무 강한인상을 주려고 굳이 오버질 하면서 보낼 필요는 없다는 거죠. 따라서 첫 문자는 평범하게 보내도 지장 없습니다. 뜬금없지만 않으면 됩니다. 그냥 이렇게 인사정도면 됩니다.

안녕?? / 안녕하세요?? / 이리오너라~ / 하이요??

다만 여기서 여성의 답변을 유도하도록, 여성의 상황과 관련해서 한 마디 정도를 덧붙이면 괜찮습니다. 질문을 통해서 답변을 유도하는 대표적인 방식이죠.

집에는 잘 들어갔어요? / 친구는 잘 만났어요? / 어디야?

첫 번째는 클럽이나 나이트에서 다음날 보내는 경우, 두 번째는 헌팅에서 전화번호를 땄을 때, 세 번째는 나이트에서 당일 바로 컨택을 할 때에 해당합니다. 모두 여성의 현재상황과 관련이 있습니다. 어차피 연락의 기술이란 것은, 초반접근후 매력발이 어느 정도 됐을때, 시작될 수 있는 것이기 때문에, 처음에는 가볍고 자연스러운 인사로 시작하는 게 무난합니다. 결론적으로 첫 문자를 던질 때는 부담 없이 인사한다고 생각하시면 됩니다. 크게 부담감 가지지 마세요. 어차피 답장할 여자는 하고, 안할 여자는 안하는 게 첫 문자입니다.

물론 이 첫 문자에도 나름 차별화 있게 보낼 수 있으면서, 동시에 오버스럽지 않은 경우 즉 부담감도 안 주는 경우가 있습니다. 첫 문자에 오픈룹스를 사용하는 경우입니다. 룹(loop) 이라는 것은 올가미나 연결고리를 뜻하는데요. 즉, 유려한 초반접근을 이어가기 위해서 생기는 연결고리들을 말합니다. 첫 문자에서 '우리들만이 알고 있는 무엇인가'라면 뭐든지 오픈룹스에 해당됩니다. 이를테면 오픈 과정에서 여성이 입고 있는 옷도 오픈룹스의 소재가 되며, 오픈 당시에 당신이 여성에게 들은 정보 중에 특징적인 것이 있다면 그것 또한 오픈룹스에 해당됩니다. 그리고 당신이 여성에게 했던 차별화된 행동도 오픈룹스에 해당됩니다. 사례를 보면 다음과 같습니다.

- 안녕하세요, 알은 맛있게 드셨어요?(초반접근 시 사탕을 줬을 때)
- 잘 들어갔어요? 화장실 앞 그 남자(화장실 앞에서 접근 했을 경우)
- 하이요~ 호피무늬 레이디씨(당시 호피무늬 옷을 입었을 때)

나와 여성이 당시에 가지고 있던 둘만의 기억정보 모두는 오픈룹스의 소재가 됩니다. 그중에 차별화될만한 소재를 이렇게 고르시면 됩니다.

이런 오픈룹스는 물론 선택적인 사항입니다. 접근이나 대화가 잘된 상태에서 번호를 받을 경우라면, 오픈룹스 첫 문자 하나로 연락의 기술의 시작이 쫙 뚫리게 될 것입니다 다만, 초반접근이나 대화가 자신이 보기에도 애매하게 끝난 상황에서 오픈룹스를 던지고 첫 문자를 보낸다면 잘 안될 수도 있습니다. 물론 여성이 여러분에게 이미 관심이 어느 정도 있는 상황이라면 얘기가 달라질 수도 있습니다.

2) 질문과 질문 유도

여성과의 대화가 이어질 때 기본 중에 기본이라고 여겨지는 부분입니다. 대화는 일단 꼬리에 꼬리를 물어야 유려하게 이어지기 때문입니다. 이 부분을 어렵게 생각하시는 분들이 많을 것입니다. 어렵게 생각을 하신다면, 일단 질문을 던져보십시오. 사람은 질문에 답변하기 마련이니까요. 하지만 이렇게 묻는 말에만 대답한다면, 대화는 정적이 되고 마치 경찰서 취조나 취업 인터뷰처럼 되어 버립니다. 즉, 여성이 아직 관심이 적은 상태에서 묻기만 한다면 묻는 말에만 대답하게 되고, 묻는 말에만 대답하는 여성한테 질문을 바꿔가면서 던지는 것도 한계가 있다는 것입니다.

그렇기 때문에 대화가 이어지기 위해서는 근본적으로 질문만을 던질 게 아니라 대답을 유도하는 문자를 보내야 하는 겁니다. 이 책의 마지막 파트인 스크립트 파트를 보시면 그 내용에 관해서 자세히 참고하실 수 있을 겁니다.

물론 그렇다고 언제까지나 꼬리에 꼬리를 무는 대화만 이어지란 법은 없습니다. 이런 경우도 한계가 있는 거지요. 그렇기 때문에, 어느 정도 전환할 소재에 대해서는 생각을 해두어야 합니다. 예를 들어서

'아 그리고 문득 궁금해지는 게 있는데~' 이런 식으로 전환하시면 됩니다.

남성 : 혹 휴학생은 아니시죠?

여성 : 휴학생이면 안 되나요?

남성 : 아니, 휴학생이면….

　　　부러워해줄라고 했지, ㅋㅋ 낼 쉬자나요.

여성 : 난 내일 쉬는데~ 직장 다닌다고 했죠?

남성 : 응, 그것도 여자 많은 직장이요.

　　　(이렇게 질문 없이 흥밋거리를 던집니다.)

여자 : 오오 뭐요?

남자 : 웹 마케팅 에이전시에요.

여자 : 우으 알 것 같으면서 잘 모르겠네요.

남자 : 소규모 사업자도 웹 마케팅이 안 되면 큰일 나는 세상~.

여자 : 아, 이젠 알겠네요.

남자 : 치열한 곳이죠, 근데 정말 휴학생?

여자 : 비슷한데… 사실은 직장 다녀요. ㅋㅋㅋ

남자 : 그럼 근본 소속은 학교구나!

여자 : 넹 현재는 직장에 묻힌 몸이지만….

남자 : 그래서 낼까지 휴가네, 같이 나이 먹는 거 같아, 친근한데요.

여자 : 네, 나이 먹어가고 있죠 계속 계속ㅠ

남자 : 토닥토닥~ 아 그리고 문득 궁금해지는 게 있는데…

여자 : 뭔데요??

남자 : 혹시 지금이 가장 이쁠 때라고 생각해요?

여자 : 에이 사람이 점점 발전해 나가야죠.

남자 : 그러니 여자한테 나이 먹는 건 중고차가 아니라 와인이죠.

여자 : 위로가 와 닿네요 감사해요~ 쉬는 날인데 머하세여~

3) 통화와의 차이점

문자와 통화는 대화라는 점에서는 전반적으로 같은 요소에 해당됩니다. 하지만 글자와 음성이라는 점에서는 근본적인 차이를 보입니다. 즉, 아주 단순하게 생각하면 문자에서의 장점은 통화에서 단점이 됩니다. 또 문자에서 단점으로 작용했던 점은 통화로 넘어가면 장점이 됩니다. 간단한 사례로 문자는 생각을 하고 보낼 수가 있습니다. 이건 장점입니다. 하지만 통화로 가면 이런 장점이 없어지고 실시간이기 때문에 생각하고 말할 시간이 없으므로 단점이 됩니다. 문자의 장점은 다음과 같습니다.

1. 대화를 생각할 시간의 여유가 충분하다.
2. 따라서 순간의 실수를 충분히 안 할 자신이 있다.
3. 통화에 비해서 상대적으로 소재가 소진될 가능성이 적다.

4. 주변상황에 대한 악영향이 통화에 비해서는 적다.

5. 문자는 사정에 따라 답장이 늦는 경우가 많아서 가치 하락과 상관 없다.

결론적으로 저 말들만 살짝 반대로 바꾸면 통화의 단점이 됩니다. 3번 항목 같은 경우 '소재가 고갈될 가능성이 많다'라고 말을 반대로 바꾸는 순간 통화의 단점이 되는 거라고 보시면 됩니다.

만약 문자의 단점이라고 보시면 통화보다는 영향력이 약하다는 점이겠지요? 이런 점들도 통화에 오면 영향력이 훨씬 강해지고, 이것은 통화의 장점으로 작용합니다. 즉, 문자는 상대적으로 안정성이 좋은 반면에 영향력이 낮고, 통화는 위험부담이 있는 반면에 영향력은 좋습니다.

4) 대화의 기본

기본적으로는 초점 자체가 여성 자신에게 쏠려 있어야 한다는 점입니다. 연락의 기술 같은 경우에는 서로 심적인 연결고리가 작기 때문에, 일단 남성은 여자에 대해서 물어보면서 그 다음에 자신에 대해서 알려줘야 합니다. 적어도 이런 과정이 있어야 여자 입장에선 이 남자가 자신에게 관심이 어느 정도는 있구나 하고 생각을 합니다. 남성들이 흔히들 하는 실수가 자기 얘기만 주구장창 진행한다는 점이란 것, 명심하시길 바랍니다. 자기 이야기는 여성에 대한 이야기를 하게 만들고 친해진 다음에 해도 늦지 않습니다.

물론 초반부터 여자가 물어봐 주면 정말 좋습니다. 그만큼 남자한테 관심이 있는 거니까요. 하지만 초반에 여성이 여러분에 대해서 직접 물어보지 않는 이상 자신과 관련된 것들에 대한 이야기는 되도록 자제하고, 여성과 관련된 것들을 물어봐야 합니다. 물론 이 과정에서 신상정보는 틈틈이 물어봐야 합니다. 흔히들 말하는 호구조사에 해당하는 내용이지요. 대화 속에 서로 신상과 관련해서 연관되는 소재로 이어질 경우 그때그때 마다 물어보는 거지요. 이를테면 휴일 얘기를 하면 직장이 어딘지, 언제 쉬는지 물어볼 수 있고, 화장품에 신경 많이 쓴다고 하면, 관리가 필요 없을 거 같다면서 스리슬쩍 나이를 물어보는 거죠. 물론 이건 사례일 뿐 그냥 호구조사 정도는 간간이 편하게 해도 됩니다. 이 과정에서 유머를 섞어준다면 여성은 서서히 남자 자신에 대해서 물어보게 될 겁니다. 여자에게 물어보기 편한 소재들은 다음과 같습니다.

> 요즘 날씨나 좋아하는 날씨 / 혈액형 / 음식요리 / 여행 / 음악 / 애완동물 / 책 / 뷰티(성형빼고) / 기타취미 /카톡 사진 관련 토크 / 어린 시절 공통분모 이야기

5) 흥미 주기와 포토루틴[사진활용기법]

연락의 기술 과정에서 일단 여성에게 주어야할 감정은 흥미와 높은 가치의 증명입니다. 왜 이래야 하는지 이유는 간단합니다. 이 부분이 여성에게 잘 전달되어야 '자신이 만날만한 남자'로 판단이 되니까요. 흥미를 주기위해선 여성의 성향에 맞게 가려운 곳을 긁어줘야 합니다. 처음에 여성에 대해서 물어보는 것도 이 때문입니다. 이 과정에서 여성의 성향이 어느 정도 판가름 나고, 그에 맞춰진 흥미를 줘야 합니다. 흥미를 주는 것은 대개 유머가 많이 해당이 되긴 하지만, 꼭 유머가 아닌 이유도 여기에 있습니다. 그녀가 재미있는 남자를 좋아한다면 유머를 보여주면 되는 것이고, 진지한 이야기를 좋아한다면 진지함을 보여주는 가운데 유머를 툭툭 찔러주면 되는 것입니다. 그리고 남성관에서 보수적이라면 그에 맞춰가면서 유머를 던지되, 이 과정에서는 여성의 가치관에서 벗어나면 안 됩니다. 흥미 주기의 목적은 여성에게 흥미를 주기위한 것도 있지만, 좀 더 근본적으로는 흥미를 줘서 여성의 경계심을 없애는 데에 있습니다. 유머를 주는 방법에 대해서는 이 책의 스크립트를 전부 참고하시길 바랍니다.

그리고 대화가 진행되어 가면서 처음엔 여성에 대해 관련된 것을 물어보겠지만, 점점 친해졌다고 판단이 되면 중간 중간에 자기 자신을 보여줄 수 있어야 합니다. 그 과정에서 필수적인 것이 높은 가치의 증명입니다. 자신이 어떤 직장생활이나, 어떤 가치 높은 꿈을 향해 달려가고 있으며, 일상의 여유를 어떻게 즐기고 취미를 즐기고 있는지 보여주는 것이 이에 해당됩니다. 즉 크게는 일상에서 가치 높은 일에 열심히 살아가는 모습, 그리고 취미와 여유를 누리는 모습 이 두 가지가 연락의 기술에서 높은 가치 증명에 해당됩니다. 물론 이런 말들은 대화 도중에 자연스럽게 튀어나와야지, '갑툭튀' 하면 안 됩니다. 그리고 이 과정에서 자연스럽게 포토루틴을 사용하는 것이 중요합니다. 한가롭게 카페에서 한잔하고 있는 모습이라든지, 컴퓨터와 서류가 흐트러진 책상이라든지 일상 그대로의 좋은 인상을 그대로 보여주시면 됩니다. 참고로 카톡 프로필에 외제차사진을 올려놓는 것도 높은 가치증명에 해당됩니다. 물론 자기 차가 아니라면 거짓말을 하는 셈이겠지만요.

그리고 포토루틴 같은 경우는 유머에도 사용됩니다. 역시 대화가 잘될 때 빵 터지는 용도로 쓰면 됩니다. 어떻게 웃기게 쓰냐고요? 여기서 일일이 설명하기 보단 '웃긴 카톡 그림, 카톡 그림문자'정도로 직접 검색하시면 해당사항이 쫙 나옵니다. 물론 퍼시드 사이트에서도 괜찮은 카톡용 포토를 간간히 올려놓으니 참고해주세요.

6) 미리미리 자격부여

연락의 기술도 근본적으로 강도가 약한 대화일 뿐이지, 대화 그 자체라는 것은 다를 바가 없습니다. 대화가 잘 통한다면 당연히 자격부여를 해주는 것이 좋습니다. 즉, 우리는 어느 정도 잘 어울린다는 자격부여 말입니다. 실제 만남에서의 자격부여랑 거의 동일하다고 보시면 됩니다. 실제 만남에서 관계에 대한 자격부여를 하면 무엇인가 새로운 것을 시작할 수 있는 명분이 됩니다.

얘기가 잘 통한다 / 이거 문자 삼백일 한 사이 같군

여러 번 본거 같아 / 만나서 보면 얘기 하나는 잘 통할 듯~

이런 자격부여의 말들을 여자가 받아들이면, 좀 더 과정이 매끄러워 집니다. 이런 자격부여가 애프터 명분을 던질 수 있는 기초 명분이 되는 거지요. 애프터 명분잡기에 대해서는 애프터 파트로 넘어가서 설명하겠습니다.

7) 데이터베이스 구축

마케팅을 하시는 분이라면 DB마케팅에 대해서 잘 아실 겁니다. 고객의 데이터를 모으고 분류합니다. 그리고 이 데이터 안에서 활용 가능한 마케팅적인 요소를 알아내서 제품을 판매하거나, 혹은 DB로 분석된 고객들의 성향을 파악해서 새로운 마케팅 전략을 짜는 것을 말합니다.

이런 DB의 개념을 여성에게도 적용 시킬 수 있습니다. 이를테면 문자가 잘되면 잘될수록 그 모든 정보까진 아니래도, 여성과 관련된 중요한 정보들은 최소한 머릿속에는 입력을 해놔야 합니다. 여자의 정보를 정확히 기억해야 하는 최소 목적은 기본적으로 실수를 방지하는 데에 있습니다. 혹, 여자의 이름이라도 혹은 혈액형이라도 착각하고 그 여자 분한테 잘못 말했을 경우 그 여자분과의 연락의 기술은 혹 가버리니까요.

하지만 더 나아가서, 이렇게 여성과의 연락의 기술을 통해 알아낸 정보들은 실수방지를 넘어서서, 여자와 대화하기 편한 시간대를 알게 되고, 여자의 성향을 파악해서 이에 알맞게 대응할 수 있게 되며, 그리고 기록된 정보를 통해 대화를 좀 더 깊게 나아가게 만들 수 있습니다.

초보 분들이 여자랑 첫 통화를 두려워하곤 합니다만, 이 정도까지 했다면 유려한 첫 통화가 되는 것이 별 큰 문제는 아닙니다. 여자들끼리 하는 수다는 기본적으로 했던 얘기 또 하거나, 그 얘기를 자세히 하는데 시간이 다 가기 때문입니다. 즉, 여성의 정보만 꿰고 있어도 웬만큼 수다는 떨 수가 있습니다. 물론 이런 것은 여성과 통화가 잘 되기 위한 최소 조건에 해당됩니다. 일단 말이라도 제대로 해야겠지요?

즉, 첫 통화가 일단 되려면 2가지 선결조건이 필요합니다. 그 2가지 선결조건은 다음과 같습니다.

① 여자랑 통화가 잘 될 수 있는 시간대
② 여자랑 통화를 대비해서 말할 수 있는 내용들

이 두 가지가 필요한데, 이 두 가지는 여성의 정보만 잘 기억 혹은 기록해 놓고 있어도 잘 하실 수 있습니다. 물론 제 말들이 막연하게 느껴지신다면, 그리고 확실하게 준비하고 싶으신 분이라면 작업노트를 추천하긴 합니다.(왜 이런 뉘앙스냐면 그만큼 번거로운 과정이기 때문입니다. 하지만 초보한테는 크게 도움이 됩니다.)

작업노트란 것은 연애코치 곽현호의 방식은 아니고 어떤 작업고수 분의 방식인데 자신과 연락이 되는 여성의 모든 정보를 기록해 놓는 일종의 데이터베이스 노트라고 보시면 됩니다. 도움은 되지만 진심이 결여될 가능성이 있어서 본인의 판단으로 사용하실 분들만 하시면 되겠습니다.

※ 참고 작업노트

초창기 작업고수 한 분이 추천해주셨던 방식입니다. 생각보다 번거로워서 퍼시드 연애코치 같은 경우에도 잘된다 싶은 여성의 정보만 메모어플에 기록해 놓습니다만, 저 곽현호는 사실 이것을 기록하지는 않습니다. 이유는 저는 상대방을 있는 그대로를 받아들이기 때문이지 세세하게 분석하거나 그렇진 않습니다. 하지만 만약 초보분이라면 이런 세세한 과정을 거치시면 여자들을 전반적으로 이해해 놓는 데에 도움이 됩니다. 진심을 전달하기 위해서 그에 맞는 전략이 필요하기에 이것을 사용하시는 것도 한 가지 방법이 아닐까 생각합니다.

작업노트에 기록되는 것들은 다음과 같습니다.(때에 따라 항목을 추가시키거나 추가하셔도 됩니다.)

분 류	내 용
여성의 기본정보	만난 시간 날짜 장소 이름 외모의 특징 직업
여성의 세부정보	여성의 성격과 마인드 / 남성관과 이상형 / 여성의 기타 관심사 혹은 싫어하는 것
여성의 과정정보	연락의 기술 대화 도중에 나왔던 이야기 소재와 정보 / 이야기가 잘 되는 시간대

이 정도로 추릴 수가 있겠네요. 그러면 실제 간단 핸드폰 메모로 작성했던 작업노트를 참고해서 사례를 적어보도록 하겠습니다.

분 류	내 용
여성을 만난 시간과 장소	2013년 10월 1일 고속터미널 센트럴 시티
이름과 나이, 외모특징, 직업	윤XX 1990년생, 긴생머리에 귀여운 외모 , 회계사무소 일함
여성의 성격과 마인드	조금 털털하고 활달, 호기심 많은 편 예의를 중시하는 편이라서 조심스럽게 할 것 보수적인 성향
남성관과 이상형	자기를 꾸밀 줄 알면서 남자답고 마르지 않는 남자, 성격적으로 일단 자상한 게 좋음, 정우성 느낌 좋아함
기타 관심사와 싫어하는 것	애완동물(개 키움), 계절스포츠 웨이크보드나 스노우보드, 피부미용 쪽 특히 관심 많음 (일반 여자들을 상회함) 너무 단 것만 빼고 못 먹는 음식은 없음
여성에 대한 대화 소스용 총괄정보	휴일엔 일단 밖에 나가야 한다고 함 고교 졸업 후에 바로 일해서 생활력이 좋다고 함 살이 찌는 체질, 집에 있을 땐 자는 게 제일 좋다 함 주량은 컨디션에 따라 다르다고 하는데 대게 소주 한 병 반 내외 남자들 정곡을 찌를 때 기분 좋다고 함 혼자서 미드 돌리고 공포영화 보는 것을 좋아하는 걸로 봐서 은근히 외로움타고 스스로 회복시키는 성격으로 추정
문자가 잘 됐던 시간대	아침 8~9시(출근시간대), 12~13시(점심시간대), 10:30~11:30(밤 시간대)

물론 이 정도 정보가 파악 되려면 최소 2~3일 정도는 문자를 주고 받는게 진행되어야 합니다. 경우에 따라서는 하루에도 가능합니다. 만약 이렇게 기록된 여성이 있다면? 여러분이 여자와 이 기록을 보

면서 통화하면 적어도 통화할 때 막히지는 않습니다. 이 작업은 무척 번거로운 작업이기도 합니다만, 초보한테는 정말 추천할만한 방식입니다.

그리고 작업노트에는 여자와 연락이 끊긴 경우에도 왜 끊겼는지도 적어 놓습니다. 저렇게 기록지가 여러 장이 되고 수십 장이 되면, 여자들의 니즈가(Needs) 무엇인지 총체적으로도 파악할 수도 있습니다. 그리고 자신이 어떤 여성을 선호하는지, 그리고 어떤 여성들한테 잘 먹히는지도 감이 생깁니다. 이른바 작업에 대한 제대로 된 본인만의 패턴이 생긴다는 거죠. 그리고 그런 패턴이 생기면 번거로운 기록지가 없어도, 필요한 정보만 기록해놓은 핸드폰 메모만으로도 얼마든지 자유로운 작업이 잘 될 것입니다. 자유로운 작업은 진심을 효율적으로 전달하기 수월합니다.

8) 연락의 기술에서 균형을 유지하는 방법

문자를 주고받는 경우여성은 기본적으로 1명에게만 너무 집중적으로 하시면 본인도 모르게 여성에게 부담감을 주어서 잘 안되는 경우가 많습니다. 하지만 만약에 연락하는 여성이 두 명만 되도 자신도 모르게 양쪽으로 나눠지기 때문에 덜 부담이 될 수도 있습니다. 삼국지이론 비슷한 건데, 다리도 세 개가 있으면 물건을 정확히 세울 수가 있습니다. 3명이 있어야 어느 한 쪽의 비중이 50% 쏠리는 불상사를 막을 수 있습니다. 만약 2명이라서 한 사람의 비중이 50%를 넘어 간다면, 특히 초보자 같은 분들 같은 경우에는 한 여성에게 너무 집 중하게 돼서 그 여성을 갈구하는 게 상대방의 눈에 보일 가능성이 높습니다. 이제 이해가 되시죠?

그렇다고 해서 여성의 숫자가 너무 많으면? 여성들과 그러면 연락 의 기술을 하느라 딴 것도 못하게 되는 경우가 생깁니다. 또한 연락 의 기술이 일상에 많은 지장을 주면 안 됩니다. 일도 하고 공부도 해 야 하는 게 이 책을 읽는 독자분들의 기본적인 현실이기 때문에, 현 실에 최소한의 지장을 주는 상태에서 연락의 기술을 하셔야 합니다.

물론 일상의 지장을 크게 받는 숫자에 대한 정확한 기준이란 건 없습니다. 사람마다 그 대략적인 기준은 다릅니다. 저 같은 경우엔 여성의 숫자가 몇명을 넘어서는 순간부터 일상의 지장을 많이 받 는다고 판단해서, 어쩔 수 없는 경우가 아닌 이상 몇명 이상의 연락 의 기술을 진행하지는 않습니다. 이유는 여러분에게 저는 카사노바 가 되라고 이 책에서 기술을 설명하는 것이 아닙니다. 모든 기술의 양날의 검이므로 사용하시는 분이 적절하게 사용하셔야 된다는 것 이죠. 여러분도 그 점을 참고해서, 일상에 지장을 받지 않는 선에서 연락의 기술을 유지시키길 바라며 적절한 균형을 이루시길 바랍니 다. 연락의 기술의 목적은 여성과 핸드폰으로 수다 떨고 있는 게 아니라, 어디까지나 실제 애프터 만남에 있는 거니까요. 특히 어프로 치를 잘해서서 저장되고 살아있는 번호가 많은 분들은 쓰잘머리 없 는 연락의 기술은 과감하게 정지시키거나 느슨하게만 유지하세요.

그런 번호 있을 바에 지금 당장 어프로치해서 새 여성과의 연락의 기술을 시작하는 게 맞습니다. 선택과 집중을 해야 효율이 좋다는 점 명심하시길 바랍니다.

문자의 절제

1) 절제를 해야 되는 이유

자신에 대해 오버하지 않고 절제해야 하는 것은 연락의 기술의 기본이라고 말한 적이 있습니다. 그리고 이런 절제의 핵심은 대다수가 문자게임 영역에 해당됩니다. 문자게임 같은 경우에는 여성의 입장에서 '이 남자는 아닌 거 같다'는 생각이 조금만 들어도 연락을 끊어버리기가 굉장히 쉽기 때문입니다. 감정이 순간적으로 짙어질 수는 있겠지만, 그 연결고리가 아직은 너무도 느슨하기 때문입니다.

그렇기 때문에 과도한 느낌으로 진행해서는 안 됩니다. 카페에서 상담을 받으면서 연락의 기술에서 느낀 가장 큰 문제점이 있습니다. 처음에 여성이 관심을 꽤나 크게 보인 연락의 기술이 망해버려서 고민해서 상담하는 경우입니다. 그리고 이렇게 죽은 문자 주고받는 상황의 대다수는 이른바 오버 때문에 일어납니다. 여성의 관심이 뚜렷이 보여서 과도하고 긴 멘트를 날리거나, 간격 조정을 못하거나, 하루에 너무 문자를 많이 보내다가 잘 시간도 놓치고 일상에 지장을 주거나, 단계를 너무 뛰어넘어서 섹슈얼토크를 문자로 던지다가 망한 것들 등 경우도 참 다양합니다. 얘기가 잘 되다보니 좀 더 잘해 보려고 너무 기분 들떠서 오버페이스를 한 것입니다.

따라서 연락의 기술로 보인 여성의 관심이 크다고 하더라도 절대

방심하시면 안 됩니다. 그리고 그런 방심을 막아주는 것이 바로 절제입니다. 이런 절제는 여러 가지 내용을 포함하고 있습니다. 하지만 기본적으로는 연락의 기술 내용의 절제, 간격의 절제, 진행의 절제, 단계적 과정 이 4가지로 나뉠 수 있습니다. 물론 이렇게 말해서 이해가 안 되시는 분들도 있겠죠? 그럼 이 4가지 파트에 대해 자세히 살펴보도록 하겠습니다.

2) 문자내용의 절제

이 부분 역시 2가지에 크게 나눌 수 있습니다. 일단 문자내용 자체의 양적 절제와, 내용자체의 절제입니다. 일단 양적 절제 부분을 살펴보죠. 먼저 문자는 간결해야 합니다. 구구절절하고 세세하게 이야기 할 필요가 없습니다. 여성에게 너무 갈구하는 모습은 좋지가 않습니다. 예전에 문자게임 방식이었을 때는 문자는 결코 3줄 이상을 넘기지 말라는 법칙도 있었는데, 이 부분 역시 내용의 양적절제에 해당합니다.

그리고 과도한 이모티콘은 자제하셔야 합니다. 이 부분은 문자내용의 절제에 해당됩니다.

~, !, ?, ^^, -_- 정도는 문자에 한번 정도 넣는 것도 괜찮지만, 전반적으로 딱딱해 보이더라도 평문으로 끝나거나, 저런 것들을 하나의 메시지 당 2개 이상 사용하는 것은 좋지 않습니다. 싸게 보입니다.

대화가 축 늘어질 때까지 어떻게든 이어가는 성향도 없애셔야 할 것들 중에 하나입니다.

이름 잘못 부르면 한 방에 훅 갑니다. 여성의 정보는 정확히 기억해야 합니다. 문자는 그래서 생각하고 보내라는 거죠. 이런 간단한 실수를 방지하기 위해서 문자를 보낼 때는 여성의 문자의 내용을 보는 순간(카톡엔 수신확인을 안 해도 마지막 문장 정도는 읽을 수 있습니다.) 최소 한 번은 생각을 하고 보내세요. 문자를 보낸 여성의 의도를 100% 파악할 수는 없겠지만, 어떤 뉘앙스를 가지고 이런 말을 했는지 감은 잡으셔야 하고 그에 맞게 대응하셔야 하기 때문입니다.

3) 간격 유지와 기본 밀당

문자의 기본중의 기본은 역시 간격입니다. 하지만 간격에 관해서도 잘못된 습관이 많습니다. 잘못된 습관은 이상한 법칙을 적용시키는 데서 비롯됩니다. 문자 간격을 너무 수치화하려고 하지 마세요. 여자랑 얘기가 잘되면 금방 금방 보내는 거고, 띄엄띄엄 되면 띄엄띄엄 보내면 것입니다. 굳이 여자의 간격보다 멀리 할 필요도 없고, 너무 짧게 할 필요도 없습니다.(다만 굳이 간격을 맞추고 싶다면 여자의 간격보다 아주 약간 빠르게 답변합니다.) 특히 초반에 느릿느릿하게 진행하는 여성한테 칼 답장을 보내는 것은 금물 중에 금물에 해당됩니다.

이렇게 해야 하는 이유는 바로 프레임 컨트롤 때문입니다.(밀당) 간격을 너무 멀리 하면 여자한테 관심이 적어 보여서 문제가 생기고, 여자의 답장에 너무 급히 대답하면 너무 여성에게 갈구하는 듯한 느낌으로 보여집니다. 바로바로 대화가 되는 경우는 본인도 한가하면서 여성도 한가할 때이고, 그리고 여자가 자신에게 관심이 있어서 즉각 대답할 때입니다. 이 경우는 사실 간격이 아예 없는 것에 해당되기 때문에, 자신에게 큰 용무가 생기지 않는 이상 바로바로 답변해줘야 합니다.

그렇다고 여러분이 갑자기 업무나 연락의 기술 외적으로 바쁜 일이 생겼을 때까지 억지로 맞춰줄 필요는 없습니다. 이 경우 어떻게 해야 할까요? 약간 답장을 늦게 보내면서 자신의 상황을 간단 솔직하게 이야기해야 합니다. 예전에는 문자의 3분룰, 5분룰, 10분룰 같은 것이 있었습니다. 즉, 여성의 문자에는 '절대 3분 안에 대답하지 마라, 5분 안에 대답하지 마라, 10분 안에 대답하지 말라'는 요상한 법칙인데, 그나마 말이 조금 되는 부분도 카톡으로 진화되면서 아예 말이 안 되는 상황이 왔습니다.

카톡이란 것은 결국 일반 문자 시절과는 달리 채팅처럼 진행됩니다. 그럼에도 형태 자체는 문자 메시지와 다를 바가 없습니다. 따라서 문자에 매달리지 말고 기본적인 간격만 유지하되, 여러분이 바쁘면 약간 카톡을 늦게 보낸 다음, 그 때 약간 바쁘다고 양해를 구하면 됩니다. 그리고 본인의 원래 업무에 충실하면 됩니다.

4) 여운 주기

대화가 잘되다 보면 정신없이 이어지는 경우가 있습니다. 그러다 보면 하루가 다 지나갑니다. 물론 이 경우는 꼭 하루가 마무리되는 경우만을 말하는 것은 아닙니다. 낮에도 한가한 시간대라면 충분히 이런 현상이 발생합니다. 하지만 이 경우 결국 누군가가 이 상황을 끊어줘야 합니다. 그리고 그 상황을 끊어주는 것은 여러분이 되어야 합니다.

즉, 대화가 잘 통해서 절정이 됐을 때 대화를 쉬어주는 것이 필요하다는 말입니다. '잘 통하는 데 괜히 뭐 하러 이야기를 끊느냐'고 생각하시는 분들도 있을 겁니다. 하지만 잘 되는 연락의 기술일수록 이런 아쉬움이 필요합니다. '여자가 원하는 것을 다 주지 마라' 유혹 기술에서도 흔히 말하는 법칙입니다. 이런 여운이 다음 번 혹은 다음 날 문자를 유려하게 한다는 점 잊지 마셨으면 합니다. 너무 많은 것을 알면 알수록 흥미라는 게 떨어질 수도 있기 마련입니다. 그리고 그 여자 입장에서도 대화는 잘 통하는데 일상에 지장을 받고 있는 경우일수도 있습니다. 말도 잘 통하고 대화의 분위기도 좋지만, 여성의 입장에서 다른 일을 해야 할 때나 혹은 자야할 때가 있습니다. 이럴 때 여러분이 끊어주면 여성의 입장에서도 감사해 할 수도 있습니다.

카톡으로 바뀌면서 하루에 정해진 문자량이란 것은 존재하지 않습니다. 하지만 다음 날 기대감을 위해서 약간의 아쉬움과 여운을 남겨두는 것을 어떨까요? 특히 이것은 통화에도 적용됩니다. 첫 통화라면 특히 그렇고요.

여러분의 입장에서도 아쉽겠지만, 다음 번 혹은 다음 날을 위한 소재의 저축이라고 적용시키면 좋습니다. 끝내는 법은 간단합니다.

- 나 이제 ~~해야되서 나중에 연락하께
- 이제 좀 피곤하네, 눈이 감겨와 ~~이도 굿잠해~

이런 식으로 명분을 대고 끊어버리십시오. 그럼 통화는? 저런 명분을 대도 괜찮고, 순간 아무것도 생각나지 않으면, '부모님한테 전화 왔다', '일 때문에 전화 왔다'고 명분을 대고 끊어버려도 됩니다. 다음날을 위한 저축이 된다는 점, 잊지 마시길 바랍니다. 조금만 절제한다면 다음 날에 기대감을 좀 더 심어줄 수 있습니다. 이 경우는 의외로 자제하기 힘드니(잘되는 대화를 스스로의 의지로 끊기란 쉽지 않으니까요) 좀 더 주의가 필요합니다.

5) 단계 밟기

작업의 과정에서도 연락의 기술이 하나의 순조로운 단계이듯이 연락의 기술 내부에서도 어느 정도 진도별 단계가 존재합니다. 여러분들이 연락의 기술을 잘 못했던 이유 중에는 단지 친밀감이 높은 대화가 이어진다는 이유로 단계를 뛰어넘는 성급한 행동을 한 경우도 있습니다. 거기에 여성이 부담감을 느껴서 연락의 기술이 망한 경우도 있을 겁니다. 오픈마인드의 여자가 아닌 이상 절대 단계를 쉽게 뛰어넘는 행동을 하지 말아주세요. 친밀감이 있다고 상대를 너무 가볍게 봐서도 안 되고, 친밀감만 쌓았다고 자격부여나 명분 제시 없이 괜히 애프터 제안을 하는 우를 범하지 않기 바랍니다. 그럼 연락의 기술의 전체적인 단계를 살펴볼게요. 물론 아래의 경우보다 좀 더 생략된 단계도 존재하나, 일단 설명을 위해 최대한 세세하게 단계를 나누었습니다.

① 첫 문자

② 편안하고 흥미로운 대화(여자위주)

③ 여자가 흥미를 느끼는 대화(자신 보여주기)

④ 간단한 자격부여(애프터 명분 삽입)

⑤ 이어지는 대화와 애매한 애프터 잡기

⑥ 대화가 잘 통할 때 명분 제시하고 첫 통화 제안

⑦ 첫 통화

⑧ 애프터 잡기(애프터가 이뤄지는 경우는 문자든 전화든 다양하다)

⑨ 애프터 날짜까지 친밀감을 쌓아 애프터를 굳혀가기

⑩ 실제 만남

사실 이런 과정을 일일이 안 거치더라도, 여성이 관심은 많아 보이지만 단계를 거치기엔 시간여유가 허락되지 않는 경우가 있습니다.

이 경우는 간단한 자격부여와 애프터 명분을 넣고 바로 제안을 해버리면 됩니다. 모든 것이 귀찮다면 일단 지르는 것도 필요하죠. 이 경우에도 자격부여와 애프터 명분은 필요하다는 점 잊지 마시길 바랍니다.

음성통화(Call Play)

10개의 문자보다는 1개의 통화가 좋습니다. 10개의 통화 보다는 1번의 만남이 좋습니다. 하지만 여기서 통화의 문제를 짚고 넘어가도록 하겠습니다. 특히 여성 같은 경우에는 남성보다 청각으로 인한 자극을 많이 받습니다. 그렇기 때문에 음성통화는 연락의 기술에서 상당히 중요한 비중을 차지합니다.

사례를 들어 보도록 하죠. 10개의 문장에는 사실상으로 여성이 상상을 해서 상대방의 글자를 머릿속으로 음성화 시키는 번거로운 과정을 거쳐야 합니다. 물론 이 경우 게임이 잘되는 경우 온갖 상상의 나래를 펼치는 것이 여성입니다. 하지만 그렇다고 치더라도 여성의 경우에 상상의 여지가 많기 때문에 그만큼 상상의 나래를 펼칠 가능성 자체는 높습니다. 하지만 그건 어디까지나 남자에게 품은 호감이 클 때의 얘기입니다. 그렇기 때문에 문자는 한계가 있고 통화는 효과가 큽니다.

단 1번의 음성통화로도 실제 대화속도의 전개 그리고 여러분의 음성 톤과 감정을 그대로 노출시켜서 상대방과 감정적인 교류를 실시간으로 주고받을 수 있습니다. 물론 그렇기 때문에 위험요소도 큽니다. 첫 통화는 이때까지 주고받았던 문자를 실제로 구현화하는 것이기 때문에 문자로 여성에게 입혀진 이미지가 어긋나게 되면 여성으로서는 거부감이 생기게 됩니다. 즉 잘못된 음성통화는 여러분이 이때까지 가져왔던 좋았던 흐름은 단번에 뒤집어 놓을 수도 있다는 점을 명심해야 합니다.

1) 음성통화의 장단점

음성통화 장점은 다음과 같습니다.

1. 나의 목소리를 통해서 문장을 전달이 가능하다.
2. 문자게임을 잘 못해도 말을 잘하면 역전이 가능하다.
3. 서로간의 대화의 흐름의 속도가 매우 빠르게 움직인다.
4. 호감도 상승의 증폭을 하기가 문자게임보다 빠르다.
5. 여성은 청각에 발달되어 있으므로 준비된 음성통화 장점으로 작용한다.
6. 접근했을 때 부족했던 매력을 보충해 줄 수 있다.
7. 여성의 성향을 음성 및 대화의 문장으로 파악할 수 가 있다.

이에 반해 그에 대응하는 단점을 지니고 있습니다. 이를 뒤집어보면 문자게임의 장점과 유사합니다.

1. 대화를 생각할 시간의 여유가 없다.
2. 나의 실수조차도 순식간에 모든 것을 돌리기가 어렵다.

3. 문자에 비해서 대화소재가 금방 소진된다.

4. 주변상황이 조용하지 않으면 통화가 원활하지가 않다.

5. 여성이 전화를 받지 않으면 남성의 가치가 큰 폭으로 하락한다.

6. 지나친 음성통화를 고집하는 것은 부담감으로 작용 된다.

2) 첫 통화 그리고 통화의 목적과 중요성

그렇기 때문에 통화 중에서도 첫 통화는 중요합니다. 문자에 비해서 대화가 실망스럽게 진행되면 연락의 기술은 걷잡을 수 없이 하락되는 경우가 많기 때문입니다. 첫 통화는 마치 첫인상과 같아서 한번 인식되면 뒤집을 수가 없습니다. 그렇기 때문에 여자가 전화를 받을 만한 시간과 장소가 되어야 하며, 전화가 되면 그동안의 문자처럼 이야기의 전개가 잘 되어야 합니다. 그리고 그 이야기는 정확한 목표가 있어야 합니다. 이를테면 친밀감 확대라든지 아니면 애프터 예약이라든지 확실한 목표가 있는 상태로 통화를 하는 게 좋습니다.

그렇다면 음성통화 자체의 목적은 무엇일까요? 너무도 간단한 답이지만, 당연히 만남에 쏠려 있습니다. 물론 그 목적 자체를 무조건 애프터 유도라고 볼 수는 없습니다. 즉, 단기적으로 봤을 때는 친밀감에 대한 강화도 해당됩니다. 이때까지 시각과 상상력만 자극됐던 여성의 감각이 목소리로 인해서 만족시킬 수 있는 감각이 확대됩니다. 만약 여성의 기대감을 그대로 충족시켜줄 수만 있어도 앞으로의 진행 진도의 속도도 확 빨라질 겁니다. 물론 여성의 기대감을 충족시키기가 쉽지 않다는 점도 사실입니다.

3) 첫 통화 방법

그렇다면 음성통화를 여러분은 어떻게 해야 첫 통화를 잘 진행할 수가 있을까요? 그 문제는 아주 간단합니다. 일단 여성이 전화를 받아야 하며, 받은 상태에서 매끄럽게 진행이 되어야 합니다. 따라서 1단계로 여성이 받지 않으면 전화 자체가 아무 소용이 없습니다.

사실 상당수의 남성들이 큰 실수를 많이 하고, 이 책의 저자들도 한 때 실수한 게 있다면 어떻게든 다짜고짜 여성에게 전화부터 하는 행동을 저질렀다는 경험입니다. 여성 입장에서 준비도 안됐는데, 남성의 전화가 무작정 걸려온다면 여성의 입장에서 상당히 부담감을 가질 수 밖에 없습니다. 따라서 이 경우 전화를 받지 않는다면 그 동안 쌓아왔던 것 까지 와르르 무너지게 됩니다.

따라서 전화를 하기 전에 여러분은 우선적으로 여성과의 거리감을 좁히는데 주력해야 합니다. 그러면서 거리감이 많이 좁혀졌다고 판단이 되면, 이제 슬슬 음성통화를 유도해야 합니다. 그런데 중요한 점, 모든 음성통화는 무조건 문자를 통해서 유도되어야 한다는 점입니다. 문자를 근거로 해서 음성은 자연스럽게 연결되어야 합니다. 그 자연스러움을 위해서 필요한 것은 바로 명분입니다.

이야기가 잘 통하다보면 통화를 해야 하는 적당한 명분을 여성에게 제시해야 합니다. 이렇게 명분을 제시해야 통화를 여성이 받아줄 가능성이 큽니다. 어느 정도 호감도 곡선이 있다고 가정한다면 그 곡선이 음성통화까지 가능한 시점에 도달해야 음성통화를 받아줄 것입니다. 물론 전화를 받을만한 장소여야 하구요.

그렇다면 전화를 받게 만드는 간단한 사례 몇 가지를 살펴 보겠습니다.

미희야 근데 나 지금 너에게 할 말이 있어

잠깐만 받아봐 5 4 3 2 1 10 9 8

이 루틴에서 중요한 점은 여성의 사고를 뒤집는 다는 점입니다. 당연히 여성의 입장에서는 1이 되면 전화가 올 것이라고 생각하지만 오지 않았고, 다시 10으로 넘어가는 방식인 것입니다. 그러면 전화가 오지 않았으면 여성의 입장에서 당황을 하게 됩니다. 그리고 8에 이르렀을 때 전화를 걸게 되면 자기도 모르게 전화를 받게 됩니다. 순간적으로 두뇌에 착각을 이르게 하는 기법을 이용한 것입니다. 물론 이러한 방법 말고도 다른 방법도 있습니다.

미희야 내가 너에게 정말 하고 싶은 말이 있는데 지금 문자가 먹통이어서 그런데 잠깐 통화로 말할게 or 이 말은 무조건 전화로 해야 돼

이 방법은 일반적인 방식이기도 합니다. 이러한 방법으로 음성통화를 유도하는 것은 적당한 명분으로 여성에게 허락을 요구하기 때문에 여성이 나에 대한 엄청난 비호감이 있지 않은 이상 대부분 전화를 다 받기 마련입니다. 물론 처음부터 전화를 해서 할 말이 없는데 무조건 통화를 하도록 하게 만드는 것은 바람직하지 않습니다. 그래서 아래와 같은 통화법이 필요합니다.

그리고 한 가지 더, 이 상황은 여성이 편안히 통화할 수 있는 상황이어야 합니다. 즉, 때도 중요하지만 장소도 중요하기 마련입니다. 만약 여성이 밖에서 다른 누군가를 만나고 있거나, 통화를 하기 불편한 장소에 있다면 통화 제안을 치지 않는 것이 좋습니다. 그리고 집에서 누워있거나 편안히 있다면 제안을 걸기 좋습니다. 즉, 여성의 장소를 미리 문자로 파악하고 제안을 거시길 바랍니다.

4) 기본 통화법(데이터베이스)

작업노트에 근거한 통화방식입니다. 통화방식 중 기본 중에 기본에 해당 됩니다. 작업노트를 펴놓고 통화를 할 자신이 없다면 당신은 언어장애자일 것입니다. 즉, 제대로 된 작업노트만 작성할 수 없다면 누구나 실수 없이 무사히 첫 통화를 마칠 수가 있다는 말입니다. 화지만 이런 기본 통화법은 대화 자체를 유려하게 해서 일관성을 유지하는 데는 좋지만, 이것만으로는 뭔가 부족합니다. 통화의 목적은 친밀감 강화도 있지만, 애프터 유도도 있기 때문입니다. 따라서 작업노트의 항목에 '애프터 가능한 명분'을 추가시키고 실제 통화에서 활용하시길 바랍니다. 아래는 첫 통화에서 데이터베이스 노트에 기반을 둬서 첫 통화 때 말할 수 있는 내용들을 다양하게 분류해 놓은 것입니다.

주제 분류	내용
일반적인 호구조사 안부	학교, 직장, 집안에 관한 것(너무 깊게 묻지 말기)
사전 추출 정보	데이터베이스 노트에 기록된 모든 것들 (편안함 쌓기로 최고)
목소리	여자와 내 목소리에 대한 것 (오픈룹스용으로 사용)
현재 여자 상황 추측	목소리만 들리기에 여자가 지금 뭘 하는지 추측하는 농담던지기
텍스트, 보이스의 한계	문자, 통화에 대한 한계를 제시함으로서 만남에 대한 밑밥으로 활용
간단한 자격부여	대화가 잘될 경우, 말이 잘 통한다는 식으로 말하는 것
애매한 애프터 잡기	문자와 지금 통화로 인해 추출된 정보를 밑바탕으로 애매한 제안하기 (물론 시간과 장소는 생략한다.)

5) 심화 통화법(스크립트)

데이터베이스 노트인 작업노트로 불안한 분들이 여기에 해당됩니다. 사람에게는 컨디션 기복이란 게 존재하기 때문에, 어느 정도 준비된 사람만이 모든 상황에서 기복 없이 일을 잘 풀어갈 수 있습니다. 그래서 컨디션 기복을 줄이기 위해 작업노트를 근거해서 통화를 시도하고, 더 나아가서 이것으로 만족할 수가 없다면 아예 스크립트까지 짜는 것입니다.

스크립트란 말 그대로 대본입니다. 여기에는 여성이 내 말에 어떠한 반응으로 나올지도 미리 자기가 생각을 해서 적어 놓습니다. 이렇게 미리 짜둔 각본으로 통화의 주도권을 완전히 자신이 가져가는 형식입니다. 그렇다면 지금부터 스크립트를 짜는 형식을 알려 드리겠습니다.일단 상대방의 나이와 직업, 이름, 구체적인 성격을 맨 위에 나열합니다. 그리고 여성이 좋아할만한 대화소재를 뽑아서 나열합니다. 여성이 좋아하는 대화소재는 다음과 같습니다.

> 패션/액세서리/네일아트/음식/여행/첫사랑/최근 행복한 일&행복하지 않은 일/최신영화와 드라마/최신 트렌드 및 이슈/연애상담/이성이야기/구두/헤어 등등

아까도 나열했지만 이번엔 좀 더 세밀하게 나열해 봅니다. 그리고 스크립트의 시작은 이렇게 하도록 합니다.

- 안녕 내 목소리는 처음 들어보지? or 오랜만에 들어보지?

가장 처음에 '통화는 참고로 자신감 있고 여유로운 느낌을 자아내도록 한다'라는 말을 스크립트 옆에 (괄호)를 씌워서 넣습니다. 즉, 영화 및 드라마 대본처럼 분위기까지 적어줘야 합니다. 그리고 두 번째 대사는 여러분의 첫마디에 나올만한 여성의 대답을 그대로 써봅니다.

- 응 오랜만에 들었는데 익숙하다 or 그렇게 새롭네. 목소리 들으니

이러한 대답이 나온다는 가정 하에 여러분의 다음 대화를 또 쓰도록 합니다.

맞아. 근데 오늘 날씨도 좋은데 혹은 안 좋은데 날씨에 따라서 사람들 기분이 그날그날 틀리잖아 너는 오늘기분이 어땠어?

이렇게 누구나 공감할만한 상황으로 대화의 주제를 이끄는 것입니다. 그렇다면 상대방도 그러한 주제에 공감을 하기 때문에 대화를 이어갈 가능성이 매우 높습니다. 여성이 기분이 어떻다고 말할 것입니다. 그렇다면 이렇게 대답을 적어내리면 됩니다.

- 근데 오늘 목소리가 다른 날보다 힘이 없어 보이네? 고민 있구나??

or

근데 오늘 목소리가 명랑하다. 좋은 일 있나봐. 좋은 일은 공유해야지 말해봐.

이런 식으로 상대방에게 대화를 유도해야 합니다. 혼자서만 이야기 한다면 대화의 소재는 금방 고갈 될 것입니다. 이전 퍼시드의 대화법 에서도 항상 언급했지만 모든 대화는 Give & take 형식으로 이루어 져야 합니다.

음성통화도 보디랭귀지와 아이컨택이 없을 뿐 하나의 대화입니다. 주고받아야 서로간의 깊은 공감대(라포르)형성이 될 것입니다. 그것은 여성과 여러분이 연인사이로 발전하는데 있어서 굉장히 중요한 역할 을 한다고 봅니다. 음성통화 하나로도 여러분이 상대방과 교감을 하 는 것이 가능하기 때문입니다.

그래서 모든 스크립트는 진심을 담아서 쓰되 남자가 대화를 주도하 고 여성이 대화의 꼬리를 물어서 대답하도록 유도해야하며 그렇게 서 로 시간 가는 줄 모르게 통화가 되도록 해야 합니다. 스크립트 작성 이 어렵다고 생각하시는 분들은 바로 맨 마지막 파트인 유형별 실전 예제를 참고하시면 좀 더 작성이 수월해질 거라 믿습니다.

6) 통화에서의 나머지

지금부터는 우리가 음성통화에서 쓰는 몇 가지 기술에 대해서 알아보겠습니다.

우선 가장 처음 통화할 때 상대방의 호감도를 알 수 있는 방법입니다. 생각보다 의외로 간단합니다. 여성이 처음에 전화를 받을 때 '여보세요'라고 말할 것입니다. 이 '여보세요'라는 단어의 톤이 밝고 명랑하다면 그것은 여러분의 통화를 반겨주는 거라고 볼 수 있습니다. 그리고 그런 밝은 목소리가 여러분을 향한 여성의 호감도라고도 볼 수 있습니다. 하지만 여성이 뭔가 두려워하는 톤으로 약간 소심하게 '여보세요'라고 한다면 나에 대한 감정이 높지 않거나 비호감도를 나타냅니다. 물론 여성이 극소심한 경우도 있긴 합니다만, 이것은 극히 일부의 사례입니다.

물론 여성이 비호감식으로 받았다고 해도 여러분은 개의치 말고 당당하게 첫인사를 해야 합니다. 그리고 자신감이 넘치고 여유가 있으며, 무엇보다도 말이 빨라지지 않도록 항상 주의해야 합니다. 가장 처음에 여성에게 건네는 목소리는 정말 중요합니다. 이것은 첫인상 오브 첫인상이기 때문입니다. 첫인상이 그 사람의 모든 것을 판단하듯이 여성이 첫 목소리로 여러분의 첫 이미지를 결정해 버립니다. 그래서 여러분의 첫 멘트는 자신감이 넘치고 여유가 있어야 합니다.

물론 통화는 상대방이 통화를 받기에 여유로운 시간에 해야 합니다. 만약 여러분이 여유로운 시간에 전화를 하지 않고 여러분이 원하는 시간대에 통화를 해버렸다면 이러한 상황이 닥칠 것입니다.

남성 : 미희야

여성 : 누구세요?(시끄러운 회식 자리 상황)

남성 : 나 현호야

여성 : 누구라고요?(아직도 회식자리의 소음으로 들리지 않는다)

남성 : 현호라고.

여성 : 아, 현호오빠.

남성 : 지금 모해? 너무 시끄럽다.

여성 : 오빠 나 회식자리에요.

남성 : 아, 그래? 그러면 나중에 통화하도록 하자.

여성 : 오빠 이따가 연락할게요.

이렇게 뚝 끊어지고 말 것입니다. 이러한 상황에 당신이 전화를 해버렸다면 여성과 통화도 못하고 서로 답답한 통화를 이어가기도 하기도 하며 오히려 통화를 하지 않은 상황보다 난감하고 좋지 않은 상황이 온 것이라고 보면 됩니다. 이 상황은 또 다른 상황에서도 적용이 됩니다. 왜 첫 통화에 그렇게 신중해야 하는지 이런 경우가 말해줍니다.

남성 : 미희야 오빠야.

여성 : 오빠 저 지금 버스라서 나중에 통화하면 안되요??

남성 : 그래, 이따가 통화하자.

　어쩔 수 없는 일 때문에 별 문제가 없어 보입니다. 하지만 여기서 문제점이 한 가지 있습니다. 여성은 아마도 나른한 몸을 이끌고 집에 도착해서 씻고 나면 정말 피곤할 것입니다. 그래서 남성의 전화를 귀찮아 한다는 점입니다.

　전화는 여성이 받을 수 있는 가장 최적화된 상황에서 해야 합니다. 그래서 여러분은 여성의 현재 상황에 대해서도 항상 염두에 둬야 합니다. 역지사지로 여성의 입장에서 편안하게 일정시간 통화하기 힘든 상황이라고 생각하면 전화 거는 것을 자제하는 것이 좋습니다. 물론 여성이 받을 만한 상황이라도 문자로 통화를 유도한 후에 전화를 하는 것을 잊지 마십시오.

　하지만 상황이 어찌됐건 여성이 남성의 전화를 거의 무조건 잘 받는 경우도 존재합니다. 그 경우가 여성이 남성에게 정말 강력한 호감이 나오는 경우입니다. 이 경우 부재가 아닌 이상 남성의 전화를 어떠한 경우에도 받게 되어 있습니다. 살면서 정말 자기를 좋아했던 애인이 있다면 생각해보면 됩니다. 정말 어쩔 수 없는 사정이 아니면 거의 전화를 받았을 것입니다. 그 경우랑 비슷한 케이스입니다. 결국 반대로 남성의 입장에서 생각해보면 여러분이 마음에 드는 여성에게 전화가 온다면 그 전화를 무슨 일이 있어도 받으려고 노력했던 것과 똑같은 셈입니다.

애프터 잡기

연락의 기술의 근본 목표는 애프터입니다. 그리고 연락의 기술에서 가장 결정적인 순간이 애프터에 대한 제안을 걸고, 이에 대한 합의가 나오는 순간입니다. 어떻게 보면 그동안 연락의 기술을 해왔던 최종 성과이기 때문에 가장 어려워하는 부분이기도 합니다. 왜냐하면 연락의 기술 내부에서 가장 실패에 대한 두려움이 큰 부분이기 때문입니다.

하지만 생각해보면 단계만 잘 밟고, 몇 가지 잘못만 범하지 않는다면 충분히 애프터를 이끌어 낼 수 있습니다. 실제로 애프터가 어려워 보이고 잘 이뤄지지 않는 경우는 애초에 애프터가 안 될 여성일 확률이 높습니다. 즉, 어차피 호감이 없거나 약한 여성한테 애프터를 신청했다가 거절당하는 경우가 상당수라는 것입니다.

다시 말하면 호감이 있다는 전제하에 애프터가 이뤄지는 것이고, 이런 여성과 확실하게 애프터를 가지려면 애프터 스킬을 쓰는 것입니다. 즉, 만날 수 없는 여성한테 애프터 스킬을 백번 쓴다한들 애프터 스킬이 먹힐 확률은 거의 없다고 보면 됩니다.

그리고 덧붙여서 한마디 하겠습니다. 그런 호감이 안 나오는 여성 붙잡을 시간이 있으면 그 시간에 다른 여성에게 호감을 이끌어내서 작업을 하십시오. 상당수의 남성들이 연락의 기술이 안 돼서 고민을 많이 하지만 그 이면에는 '그 여성 외에 제대로 연락되는 여자가 없다'라는 어두운 그늘이 있기 때문입니다. 결국 접근공포증 여성공포증 때문에 접근을 잘 안하는 게 더 근본적인 문제지, 연락의 기술이 안 되는 게 근본적인 문제는 아니라는 것입니다.

1) 애프터 잡기에서 몇 가지 주의점

① 돌직구 형태의 직접적 문장으로 애프터를 유도하지 말 것

② 애프터를 잡는 시간은 정해져 있지 않다. 서로 만날 수 있는 상황이 되면 유도할 것

③ 시간은 처음부터 정확하게 말하는 것보다 간접적으로 제시할 것

④ 애프터를 잡기 전까지 연락의 기술은 매일매일 할 것(하루라도 거르지 말자)

⑤ 애프터를 유도하는 것은 사람과의 만남이지만 명분 제시를 통해서 할 것

여기서 2번과 4번은 세세하게 설명해 드리겠습니다.

먼저 2번입니다. 애프터를 잡는 시간은 정해져 있지 않습니다. 기회가 오면 일단 만나고 보는 것이 맞습니다. 여자는 되는데 자신은 준비가 안됐다고 해서 애프터를 미뤄버리면 연락의 기술도 그대로 훅 가는 경우가 많습니다. 기회가 오면 자신의 상황을 따지지 말고 꼭 잡으시길 바랍니다.

4번, 너무나 기본적인 원칙입니다. 매일매일 하셔야 합니다. 프레임 컨트롤을 할 수 있다고 하루 이틀 잠수를 타란 법칙이 있는데 굉장히 위험한 발상입니다. 한국여성들은 이런 장난 같은 컨트롤에 호락호락하지 않습니다. 호감은 하루하루 차곡차곡 쌓아가는 것입니다. 그렇게 생각하시고 연락의 기술을 거르시지 않길 바랍니다.

대부분의 남자들은 조급증에 빠져서 애프터를 빨리하려는 경향이 있습니다. 참고로 퍼시드의 대표 연애코치 곽현호는 반년 만에 만난 여자도 있고, 아직 만나지 않고 연락의 끈을 유지하는 경우도 많이 존재합니다. 이것을 바보 같다고 생각하는 사람도 있을 것입니다. 하지만 이것은 시간이 없어서 만날 수가 없었던 경우입니다. 그래서 장기간 동안 서로간의 친밀한 관계를 유지하면서 버티는 것입니다. 결국 이렇게 살아있는 번호가 오래가려면 친밀감이 있는 대화와 동시에 약속되지 않은 애프터에 대한 암시를 꾸준히 해야 합니다. 이렇게 폰으로만 오래가는 경우도 차근차근 만남을 유도하고 준비했고, 시간이 날 때마다 애프터를 가져서 핸드폰에 있는 여자들과 거의 만남을 하게 되었습니다. 결국 그는 하나의 번호도 아낌없이 모든 인연을 소중하게 생각합니다. 모든 여성들의 번호는 소중하며, 한 사람과의 만남 또한 굉장히 소중한 인연이라고 생각하기 때문입니다. 조급증에 걸려있는 독자가 있다면 한번 생각해 봤으면 좋겠습니다. 이제 우리가 애프터를 유도할 때 써야할 스킬에 대해서 지금부터 차근차근 설명해 보겠습니다. 연락의 기술이든 연애의 기술이든 100% 적용되는 법칙 없이 모든 것은 상대적입니다. 하지만 어느 정도의 일관적인 법칙은 존재하기 때문에 유용하게 쓸 수가 있을 거로 믿습니다.

2) 밑밥 그리고 명분

애프터를 유도하기 위해서는 사전에 상대방에 무의식에 명분을 위한 밑밥을 깔아줘야 합니다. 여기서 밑밥이란 것은 확실한 명분을 위한 사전의 예비 명분이라고 보면 됩니다. 이런 밑밥으로 인해 확실한 명분을 제시해서 우리가 만나야 될 이유를 말하고 여성을 설득시킬 수 있습니다. 한 번 명분없이 그냥 제안을 거는 경우를 살펴보겠습니다.

> 남성 : 제가 사실 미희 씨를 너무 좋게 보고 있어서 이번 주에
>
> 또 만남을 가지고 싶네요.
>
> 여성 : 아^^;; 그런데 이번 주라면 조금 제가 시간이 될지 안 될지
>
> 모르겠어요.
>
> 남성 : 아 그렇군요 다음에 뵙죠 모.

이 경우 직접적인 호감선언으로 여성에게 부담감 주는 경우입니다. 여성은 시간은 있었지만, 부담감 때문에 남성에게 간접적으로 거부를 했습니다. 이유는 간단합니다. 남성과 여성은 서로 간의 감정 프로세싱이 다르기 때문입니다. 남성은 마음에 드는 이성이 있으면 돌진하

는 경향이 있으며 어떻게든 나의 여성으로 만들려고 조급해 하며 조바심을 내는 경우가 많습니다.

그리고 이런 패턴은 많은 수강생들이 보이는 패턴이기도 합니다. 하지만 여성은 마음에 드는 남성이 있더라도 여유를 가집니다. 즉, 여성이 상대 남성에 대한 호감을 가지고 있더라도 시간적인 여유를 두고 만날 만한 남자인지 천천히 지켜본다는 뜻입니다. 따라서 여성은 절차를 중요시 여깁니다. 이런 측면에서 여성은 이성적인 판단이 확실하게 잡힌 동물이라고 표현할 수도 있습니다.

그리고 그런 경향 때문에 '모든 행동에는 이유가 있어야'여성의 입장에서 어느 정도 수긍을 하게 됩니다. 게다가 여성들은 호감이 있어도 남성에게 쉬운 여성으로 보이기 싫어하는 심리도 있습니다. 이런 신중함과 조심스러움 때문에 합당한 이유 없는 행동은 기본적으로 모두 거짓이라고 생각하기가 쉽습니다. 이를테면 스킨쉽을 할 때에도 합당한 이유가 있어야 자연스러운 스킨쉽이 이루어집니다.

그래서 이런 경우처럼 만남을 유도할 때에도 여성의 입장에서 합당한 이유가 있어야 한다는 것입니다. 그렇다고 해서 이런 합당한 이유, 즉 명분이 크게 어렵거나 복잡한 것들은 아니라고 말하고 싶습니다. 간단하게 음식과 데이트 코스가 같이 공존하기만 하면 됩니다.(놀이공원, 드라이브, 꽃놀이, 영화 등등) 여기서 음식이라고 해서, 꼭 식사라고 생각하실 필요는 없습니다. 입에 들어가는 모든 것이 음식에 해당됩니다. 즉, 우리가 마시는 간단한 커피도 여기서 음식의 범주에 포함됩니다. 영화관에 가는 경우를 보더라도, 팝콘과 콜라라는 음식이 존재하면 사람과 사람이 만나면 일단 무엇인가를 먹으려고 하는 경우가 대다수입니다. 따지고 보면 음식이 없는 만남은 뭔가 허전하기 짝이 없는 만남입니다. 그래서 만남에는 입에 들어가는 무언가가 빠질 수 없기 마련이고, 이것은 만남의 제안을 걸기위해서 반드시 필요한 명분으로 작용합니다. 그래서 모든 만남에 대한 제안은 음식과 데이트 코스 제시로 하는 게 가장 수월하다고 볼 수 가 있습니다. 너무나 당연한 말을 했을지 모릅니다. 하지만 이런 명분 제시를 단계별로 체계적으로 밑밥을 간 다음 구체화 시켜서 완벽하게 제시하는 경우는 별로 없습니다.

지금부터 간단한 스크립트를 통해서 밑밥을 깔고 밑밥을 구체화 시킨 명분을 제시해서 애프터를 유도하는 과정을 보여주겠습니다.

남성 : 안녕 미희야 밥은 먹었니??(밑밥)

여성 : 아니요 아직 안 먹었어요!! 오빠는요??

남성 : 난 비빔밥 먹었어 ㅎㅎ 너도 비빔밥 좋아해??

여성 : 아니오. 전 스파게티 좋아해요.

남성 : 오, 나도 스파게티도 좋아하는데.(구체적 밑밥)

　　　(여성이 좋아하는 것을 좋아한다고 해야 공감대 형성이 수월하다)

여성 : 정말요? 어떤거 좋아해요? 전 토마토 스파게티요.

남성 : 난 토마토도 좋고 크림 스파게티도 좋더라

　　　내가 맛있게 하는 집 아는데 가르쳐줄까??

여성 : 어딘데요??

남성 : 내가 예전에 VJ특공대에서 본집인데 맛집으로 유명하더라고

　　가보고 싶지??

여성 : 네. 가보고 싶네요!!

남성 : 그럼 언제 한번 오빠랑 VJ특공대 나온 그 맛집에 같이 먹으러

　　갈까?

　　(명분 제시를 통한 제안, 애매한 애프터에 해당)

여기까지 왔을 때 여성의 답변은 어떻게 될까요? 100% 장담하는데 '됐어요, 전 안 갈래요' 같은 이런 확실한 거부는 나오지 않습니다. 다음과 같은 반응이 나올 것이다.

- 좋아요! or 그래요 ㅋㅋ

이것은 긍정적 반응을 일으키는 기법을 이용한 것입니다. 그 기법 자체는 생각보다 단순합니다. 일단은, 만남에 대한 시간을 정확하게 언급하지 않습니다. 이것은 상대방에게 거부감을 줄여주고 애프터 암시를 무의식 속에 심도록 합니다. 모든 애프터는 호감이 확실하게 여성에게 나타나지 않으면서 애매하게 표현하고 싶으면 시간을 애매모호하게 잡아주면 됩니다. 물론 이 애매함을 차차 줄여 나간다. 이런 식으로 말이죠.

- 언젠 한번 같이 먹으러가자

- 시간이 어느 정도 흐르면 이렇게 변합니다.

- 미희야 조만간 그 저번에 말했던 스파게티집 갈래??

무의식에 심어져있기 때문에 여성도 기억을 할 것이고 이번에도 긍정적 답변이 나올 것입니다. 시간이 조금 더 흘러서 이렇게 말합니다.

- 미희야 다음 주에 저번에 말했던 스파게티집 어때??

시간은 점차 명확하게 하는 것 이지만 과정을 스텝 바이 스텝으로 천천히 진행하는 것입니다. 그래서 시간이 더 흘렀을 때 이렇게 제안하는 것입니다.

- 미희야 이번 주에 언제가 편해? 스파게티집 가야지? 저번에 말했던 곳

이제는 요일만 정하면 됩니다. 하지만 여기서 중요한 점, 여유가 있도록 요일 선택의 권리를 주도록 해야 합니다. 목, 금, 토요일 중에 언제가 편하냐고 묻고 나서 그 다음에 약속을 정확하게 잡아야 합니다.

3) 애프터를 잡기 위한 다른 기본 예제들

이번에는 다른 예제로 애프터를 잡아 보겠습니다.

> 남성 : 미희야 너는 봤던 영화중에 혹시 어떤 게 가장 기억에 남아??
> 여성 : 저는요 설국열차였어요
> 남성 : 그런 영화 좋아하는구나?
> 여성 : 아니요. 전 로맨틱 코미디 좋아해요.

참고로 여성은 대부분 로맨틱 코미디에 환장합니다.

> 남성 : 아 그렇구나. 나는 최근 봤던 영화중에는
>   사실상 더 테러 라이브가 재미있었어.
>   너 영화 보는거 좋아하는구나?

참고로 대부분의 여자는 영화 관람을 좋아합니다. 싫어하는 여자
거의 없습니다.

> 여성 : 당연히 좋아 하죠
> 남성 : 나도 좋아하는데 근데 요즘 관상이라는 영화가 초호화 캐스팅
>   으로 흥행몰이를 하고 있던데 그거 봤어??
> 여성 : 아뇨 아직요!!

남성 : 그래? 나도 보고 싶었던 건데 나랑 한번 보러가자

　　　오랜만에 얼굴도 볼겸 or 대화도 할겸

　한 가지 목적으로만 만남을 제시하는 것은 행여나 여성에게 거부감을 불러일으킬 수도 있습니다. 이 경우 2가지 목적으로 만남에 대한 합당한 명분 제시를 한다면 거부감이 줄어들 것입니다. 그리고 여성은 거의 다 영화를 좋아하기 때문에, 최근에 어떠한 영화가 굉장히 흥행몰이를 하는지에 대해 이야기 하면서 기대감을 심어줍니다. 그리고 서로 아직 그 영화를 보지 않았다는 사실을 명분으로 만남을 유도한다면 여성의 입장에서 부담감이 덜할 것입니다.

　또 다른 예제를 보도록 하겠습니다.

남성 : 미희야 넌 에버랜드 태어나서 몇 번 가봤어??

여성 : 저요 한 3번요??

남성 : 혹시 초등학교 중학교 고등학교 학교에서 소풍으로 간거 아니야??

여성 : 아니에요. ㅋㅋ 남자친구랑도 가보고 친구랑도 가보고

　　　소풍으로 가봤어요.

남성 : 아 올해는 아직 안갔어??

여성 : 네. 갈 사람도 없고 시간도 없고. ㅠㅠ

남성 : 그래. 요즘 사파리 월드 업그레이드 되었대. 수륙양육차인가

　　　굉장히 물위도 떠다니고 땅에서는 굴러다니기도 하고 사파리

　　　도 확장 되었대 재밌겠지?

여성 : 가보고 싶네요.

남성 : 그러게 나도 가보고 싶더라고 마침 다행이도 나에게

표가 생겼어 2장이 ㅎㅎ 너도 가고 싶다면 표 한 장은 너한테

양보할게 그 대신 나랑 같이 가자!!

여성 : 오빠랑요??

남성 : 응. 부담없이.

여성 : 음 언제요??

남성 : 언제라기보다 서로 편할 때 시간 맞춰서 가자!!

여성 : 그럼 그러도록 해요.

남성 : 오케이!

여기에서 거절을 담은 반응을 보였다면 어떻게 해야 할까요?

여성 : 아직 오빠랑 그런 곳 가기엔 부담스러워요.

이런 반응이 나온 것이라면 아직 '아직 짧은 시간의 만남도 하지 않은 사이' 라는 인식이 여성의 머릿속에 너무 깊게 박힌 것입니다. 이 정도의 제안은 여성과 한 번의 작은 만남이라도 한 상태에서 쓰는 것입니다. 참고해 두도록 합니다.

이번에는 날씨+음식을 합쳐서 하는 명분 제시를 알아보겠습니다.

남성 : 안녕 미희야 요즘 날씨가 매우 덥지??

여성 : 쪄 죽겠어요. 이러다가 진짜 쪄 죽는 건 아니겠죠??

남성 : 그러게 여름이라서 여름을 한 번에 날려줄 그럴만한
　　　　과일빙수가 제격인데 말이지.

여성 : 오오 먹고 싶네요, 저도.

남성 : 과일 빙수 좋아하나봐??

여성 : 네

남성 : 과일빙수를 천연과일로 만들어서 하는 곳이 있는데
　　　　그곳 정말 맛이 일품이거든 거기 가봤어??

여성 : 아뇨, 아직요.

남성 : 그래? 오빠랑 날씨 조금 더 더워지면 먹으러갈까?
　　　　여름 무더위를 과일빙수 하나로 날려 버려서 생활에 활력소가
　　　　되는 게 매우 좋잖아??

여성 : 오, 좋은 생각이네요.

남성 : 날씨 조금 더 더워지면 먹으러가자!!

　이렇게 애매한 애프터 유도까지 끝냈습니다. 그리고 날씨가 정말로 더욱 더워진다면 애매한 애프터의 시간을 점점 줄여가면서 확실한 애프터를 잡으면 됩니다.
　방금은 여름을 통해서 유도 했습니다. 물론 여름뿐만 아니라 계절을 통해서 다양하게 시도해볼 수 있을 것 입니다. 애프터 유도는 생각보다 중요하기 때문에 조금 더 다뤄보겠습니다.

남성 : 요즘 날씨 진짜 춥다. 북극곰도 떨만한 날씨야

요즘 옷은 따뜻하게 입고 다니지?

여성 : 네 ,너무 추워서 내복도 입고 다녀요.

남성 : 내복 헉!! 요즘 복고풍이 유행이라더니.

(어트랙션적인 유머적 요소는 연락의 기술을 부드럽게 해준다)

여성 : 너무 추워서 저도 모르게 그만.

남성 : 추운 날에 모가 생각나? 붕어빵? 군고구마? 군밤?

여성 : 그런 것도 좋고요. 음 딱히 생각나는 건 없어요

따뜻한 카페라떼??

남성 : 맞어. 이런 날엔 카페에서 따뜻한 커피한잔 마시면서

책을 보는 것도 매우 도시적 커리어우먼같은 느낌을 전달해 주

기는 하지. 하지만 한국 사람에게 잊을 수 없는 겨울에 맞는 게

있어 뭔지 알아?

여성 : 몰라요 뭔데요??

남성 : 온 국민이 좋아하는 오뎅탕!!에 매화수 한잔!!

여성 : 오뎅탕!! 따끈한 국물 좋죠.

남성 : 그치 오뎅탕에 사케 한잔이거나 매화수 한잔이면 겨울은

물리칠 수가 있지.

여성 : 그런 것 같기도 하네요.

남성 : 요즘 내가 재밌는 에피소드도 많고 겨울도 물리칠 겸

오뎅탕에 사케 한잔 어때?

여성 : 언제요?

남성 : 서로 편한 시간에 맞춰서 보자.

여성 : 그래요!!

여기서 중요한 점이 있습니다. 여성이 언제 보냐고 남성에게 말했을 때, 이 때 남성이 여성에게 하는 시간적 제안에 민감하게 반응한다는 점입니다. 민감하게 반응하기 때문에, 항상 배려한다는 느낌을 주어야 합니다. 그래서 서로 편한 시간에 보자고 말한 것입니다. 만약 여러분이 만남을 재촉하는 말로 여성을 쪼아댄다면, 굉장히 가치가 하락된 남성으로 비춰질 것입니다.

참고로 사례에서는 여름과 겨울의 경우를 보았습니다. 하지만 봄과 가을에도 충분히 계절에 맞는 명분을(특히 음식 소재) 제시한다면 만남을 하는데 크게 어려움이 없을 것입니다. 여기에다 더, 여러분들께 팁 몇 가지를 더 알려주겠습니다.

4) 애프터를 유도하는 다른 기술

이 경우는 여성의 심리를 이용해서 애프터를 유도하는 방법입니다. 이 방법은 연애코치 곽현호가 만든 새로운 방식입니다. 사람에게는 누구나 계절마다 외로운 시기가 있습니다. 그리고 연애코치 곽현호는 천명은 거뜬히 넘는 여성을 만나보면서 이런 시기에 대해서 어느 정도 통계적으로 연구 분석했습니다. 그 결과 여성들이 외로워하는 시기를 나는 어느 정도 알 수 있었습니다. 그리고 이 시기는 특정 시즌에 해당됩니다. 즉, 남녀커플이 득실대는 특정 시즌만 되면 사람들의 마음이 술렁입니다. 그래서 특정시즌을 이용하는 것은 매우 좋은 방법입니다.

이런 특정시즌은 발렌타인데이와 화이트데이, 연말, 크리스마스, 연초, 여름휴가시즌, 봄꽃시즌, 빼빼로데이, 가을 등으로 분류할 수 있습니다. 이때가 되면 여성들에게 갑자기 먼저 연락이 오는 경우도 많았습니다. 따라서 이때를 노린다면, 여성과의 애프터를 어렵지 않게 가질 수 있습니다.

그리고 사람은 누구나 기분이 울적할 때가 있습니다. 물론 그런 울적한 상대방의 기분을 상대방의 바로 옆에 있지 않는 한 알아차리기는 어려울 것입니다. 하지만 간단한 문자로 그런 여성의 심리를 알아낼 수 있는 방법이 있습니다. 특히 지속적으로 연락을 하다말다 하는 여자는 이런 경우에 활용될 수 있습니다. 연애코치 곽현호 현재도 3년 동안 이런 식으로 연락하면서 만나는 여자가 있으며 만날 때에는 애인이상의 감정교류를 하는 편입니다.

그래서 지금부터 여성의 심리를 이용하는 애프터 유도법에 대해서 구체적으로 알아보겠습니다. 물론 지금 현재로는 여성의 심리를 알 수가 없으므로 여성의 심리를 알기 위해서 간단한 시작 문자를 보내도록 합니다. 이 경우 포토루틴과 함께 하는 것이 효율적입니다. 가을이라면 여성에게 허수아비 사진과 함께 멘트를 넣어주는 것입니다.

- (허수아비 사진) + 가을에는 홀로 있는 허수아비처럼 외로운 시기라
던데 요즘 잘지 내고 있어?

만약에 크리스마스시즌이라면 이렇게 되겠지요.

- (산타클로즈 사진) + 올해 크리스마스에는 받고 싶은 선물이 있어?
나는 사실상 올해 크리스마스에는 외로움을 버리고 싶어!!
너도 같이 벗어볼래?(은근 섹톡이기도 함)

빼빼로데이라면 이렇게 될 겁니다.

- (빼빼로 사진) + 올해 너에게 빼빼로 줄 사람은 생겼어??

이 정도면 간단한 원리를 알 것입니다. 외로움을 자극하는 멘트를 상황에 맞게 던지는 것입니다. 여성이 만약 커플이라면 사실상 실패할 전략이지만, 외로움을 타고 있는 시기라면 여러분에게 없던 마음도 열 가능성이 매우 큽니다. 이 경우를 ' 여성의 심리를 이용한 애프터 유도 법'이라고 칭한 것은 저런 첫 문자를 던졌을 때 여성의 반응을 보면서 여성의 심리를 여러분이 파악할 수 있기 때문입니다. 만약 저런 첫 문자에 여성이 긍정적인 반응을 하는 경우라면 이렇습니다.

여성 : 귀신이다 어떻게 알았어?

이런 긍정적인 반응은 여성이 외로워하는 시기임을 뜻합니다. 따라서 만남을 제안하기에도 굉장히 좋으며 사실상 커플이 될 가능성이 매우 큽니다.

하지만 여성이 답장을 무시하는 경우, '난 지금 별로 그렇지 않은데' 같은 부정적 반응을 보일 경우가 나올 수도 있습니다. 이 상대 여성을 다시 시도하기 위해선 아마 다음시즌까지 기다려야 할 것입니다. 그 동안 다른 여자를 공략할 수도 있고, 정 아깝다면 다음 시즌에 한 번 즈음 찔러보기를 할 수도 있습니다. 서두를 필요는 없습니다.

5) 플레이크 방지법

플레이크 즉, 박살을 의미 합니다. 애프터를 잡는다고 하더라도 여성의 마음에 변화가 생길수도 있습니다. 그러면 애프터가 박살이 날 수도 있습니다. 이것을 방지를 미리미리 해야겠죠? 이런 플레이크를 완벽하게 예방할 수는 없습니다. 실제로 여성에게 무슨 일이 생겨서 못나올 수도 있으니까요. 하지만 심경변화에 따른 플레이크 정도는 예방할 수가 있습니다.

첫 번째로, 애프터를 굳힐 때 요일뿐만 아니라 시간이랑 장소를 확실히 정해야 합니다. 구체적일수록 약속을 지켜야 한다는 의무감이란 게 더 생기기 때문입니다.

그리고 두 번째, 이미 언급한 내용이지만 여성과의 연락은 매일매일 하는 게 좋습니다. 애프터를 잡고 나서부터 애프터 당일날짜까지도 매일매일 연락을 해야 합니다. 거기다가 간간히 애프터에 대한 상상을 불어줍니다. 별 대단한 멘트가 아니래도, 애프터 상황에서 무엇을 할지 간간히 묘사해주면서 기대감을 심어준다면 플레이크의 확률이 거의 사라집니다.

6) 애프터 취소와 뜻밖의 경우

많은 사람들이 실수를 하는 것 중에 하나가 바로 약속 당일 날 혹은 전날에 상대 여성에게 연락을 하지 않는 경우입니다. 그럴 경우 만남이 성사되지 않을 가능성이 높으며, 여성에게 이런 반응이 나올 수 있습니다.

남성 : 미희야 나 20분째 기다리는데 아직 안 나왔어??

여성 : 오빠 오늘 연락 없길래 저 안 나갔어요.

　　　다른 약속 잡았는데…. or

여성 : 오빠 오늘 만나는 거였어요?? 연락 없어서 안 만나는 거인 줄

　　　알았어요.

남성은 애프터 하루 전날에도 그리고 당일 날에도 애프터에 대한 확신을 주기 위해서 연락을 무조건 해야 합니다. 물론 애프터가 어쩔

수 없는 사정에 의해서 취소되는 경우도 있습니다. 이 경우 절대 분노하지 말고 간단하게 답문만 보냅니다. 세세히 구구절절하게 적지 마십시오. 그리고 하루나 이틀 뒤에 다시 연락의 기술을 그대로 진행합니다.

하지만 이런 경우 말고도 반대의 나이스한 경우도 있습니다. 뜬금없이 약속도 안 잡은 여성에게 먼저 연락이 오는 경우가 여기에 해당됩니다.

여성 : 모해? / 잘 지냈어? / 요즘 니 생각나더라

이런 여성의 갑작스럽게 문자에 여러분이 당황을 할 수도 있습니다. 허나 저런 문자가 온다는 것은 여성이 심심하다는 이야기이다.

심심하다는 것은 할일이 없다는 게 아닙니다. 심심하다는 것은 외롭고 삶이 무료하다는 뜻입니다. 외로운 이유야 그런 문자가 온 그 순간은 알 필요가 없습니다. 다만 여러분은 저런 심리를 받아주면서 역이용할 필요가 있습니다.

즉, 이 경우는 여성이 남성에게 만남을 제안하는 것이라고 보면 됩니다. 그만큼 여성이 심리적으로 고독한 시기임을 나타내는 것입니다. 이럴 때는 포근하고 자상한 느낌으로, 상대방의 이야기를 들어줄 만남에 대한 제안을 해주는 것이 좋습니다. 만남을 했을 때에도 그대로 이 느낌을 적용합니다. 즉, 대화는 리드하지만 상대 여성의 이야기를 들어주면서 외로움을 달래줘야 합니다. 이렇게 작업을 해 나간다면 그 어떠한 경우보다 여성이 여러분에게 깊은 감정적 교감을 느낄 것입니다.

하지만 간혹 조심해야할 부류가 있습니다. 남성과 잘 진행이 되지 않았던 여성이 어느 날 잠수를 풀고 갑작스럽게 문자를 하는 경우입니다. 이 경우 강한 목적의식을 동반하는 경우가 많습니다. 따라서 여성의 행동을 조심스레 살펴보아야 합니다. 특히 이런 경우는 여성이 사이비종교 / 다단계 /보험 / 남성을 통한 돈벌이수단 등을 하기 위한 경우도 굉장히 많습니다. 이럴 경우에는 유도심문을 몇 가지 던져보고 판별하는 게 좋습니다.

그리고 이럴 경우 보이는 여성들의 패턴이 몇 가지 있습니다. 먼저 여성이 특정한 장소만을 고집하는 경우입니다. 특정장소로 여러분을 끌어들이기 위함입니다. 두 번째는 갑자기 없는 칭찬을 하면서 여러분을 달콤한 말로 꼬시는 경우입니다. 그 정도의 달콤한 말은 정상적인 여성이라면 둘이 같이 꼭 붙어 있을 때 여성이 남성에게 꽂힐 정도는 되야 나오는 말입니다. 그 밖에도 뭔가 반복적인 문구나 단어로 여러분을 세뇌하려고 할 때도 있고 뜬금없이 우울한 이야기를 하면서 동정심을 유발하는 경우도 있습니다. 세상에 우연은 없습니다. 조심해서 나쁠 것은 없습니다.

좋은 애프터 잡기

1) 유혹의 밑밥 깔기

이곳은 해보셔도 좋고, 안 해도 좋은 영역입니다. 즉 이 책을 읽는 여러분에게는 이 부분이 어디까지나 선택사항이라고 말씀드리고 싶습니다. 애프터를 이미 잡은 상태에서 그 애프터를 편하게 진행하는 법을 가르쳐 드릴 것입니다. 그리고 그 핵심은 섹슈얼 토크입니다.

물론 섹슈얼 토크를 삽입하는 것은 조금은 위험한 방법입니다. 왜냐하면 연락의 기술은 안전지향적이기 때문입니다. 하지만 적절하게 잘 삽입이 된다면 애프터 가지기도 전에 이미 둘 사이에 섹슈얼 적인 경향이 흐르고 있기 때문에 만나는 그 날 여자친구로 만들기가 매우 수월해집니다. 스킨쉽과 섹슈얼적인 느낌은 남성적인 느낌을 보여주는 기술이기 때문입니다.

이런 섹슈얼 토크가 먹히는 시기가 있습니다. 일단 대화가 잘 통하는 때여야 합니다. 물론 밤 시간대여야 하겠지요. 하지만 한 가지 더 있으니 애프터를 하기로 정한 날부터 실제 애프터 날까지에 기존의 애프터를 강화시키기 위해 이 틈에 섹슈얼 토크를 쓸 수도 있습니다.

2) 섹슈얼 토크

섹슈얼 토크에 대해서 그냥 음담패설이라고 오해하는 사람들이 있습니다. 그 대답에는 결코 아니라고 말할 수 있습니다. 하지만 섹슈얼 토크는 야한 이야기, 성적인 이야기가 맞습니다. 허나 퍼시드에서 정의하는 섹슈얼 토크는 무의식을 자극하는 쪽에 가깝습니다.

섹슈얼 토크가 나오는 프로그램의 대명사로 SNL KOREA를 꼽을 수 있고, 그 프로그램에 출연하는 신동엽을 섹슈얼 토크의 대명사라고 꼽을 수 있습니다. 신동엽이 섹슈얼 토크의 대명사로 불리게 된 확실한 이유가 한 가지 있습니다. 바로 그가 하는 섹슈얼 토크는 거부감이 전혀 없으면서 웃음을 유발한다는 점입니다. 물론 신동엽 씨 같은 경우에는 이미지가 워낙 그런 쪽으로 박히고, 너무도 적절한 타이밍에 섹슈얼 애드리브를 쳐서 거부감이 없습니다. 그렇다면 여러분들 같은 경우에는 어떻게 해야 섹슈얼 토크를 거부감 없이 하게 될까요?

그 핵심은 바로 명분에 있습니다. 명분 제시로 인해 여러분의 섹슈얼토크를 정말 부드럽게 될 수 있고, 상대방의 성적인 감정까지 올려줄 수 있습니다. 간간이 삽입되는 섹슈얼 토크는 편안하거나 친근감에 그친 남녀관계에 성적인 긴장감을 불러올 수 있으며, 이로 인해 여성은 여러분을 흥미롭게 여김과 동시에 한 사람의 남자로서 인식하게 됩니다. 물론 아까 얘기했듯이 애프터 자체의 과정도 정말 수월해집니다. 이제 지금부터 간단한 예시로 섹슈얼토크의 형태를 알려주겠습니다.

　다음은 운동이야기로 시작해 몸매 이야기로 이끄는 섹슈얼토크의
사례입니다.

　　남성 : 미선아 근데 너 운동하니??

　　여성 : 아니요. 왜요??

　　남성 : 저번에 보니 다리가 쭈욱 뻗었더라고 .

　　여성 : 아 운동 싫어해요.

　　남성 : 타고난 몸매??

　　여성 : 아마도?

　　남성 : 너는 매일 땀 흘리겠구나.

　　여성 : 왜요??

　　남성 : 남자들이 너를 보는 시선이 너무 뜨거워서 말이야.

　　여성 : ㅋㅋ그럴지도 or 그런가?

　　남성 : 섹시한 미선이는 남자 볼 땐 어디를 주로 보는 편이야 엉덩이?

　　여성 : 전 어깨요.

　　남성 : 오, 어깨 넓은 남자?

　　여성 : 네.

　　남성 : 미선이는 다음에 내 어깨에서 잠시 기댈 수 있도록 어깨이용권

　　　　　1번 줄게.

　　　　　미선이는 운동했는지 안했는지 내가 한번 체지방 테스트해줄게.

　　여성 : 어떻게요.

남성 : 가장 좋은 체지방 측정기는 나의 손.

여성 : ㅎㅎ변태

남성 : 변태는 귀엽다는 뜻이지 허락한 걸로 알고 있을게.

아래는 감성적 이야기로 시작해 키스이야기로 넘어가는 섹슈얼토크입니다.

남성 : 남녀가 사랑하면 무엇을 가장 중요시 하는지 알어?

여성 : 음, 대화 공감?

남성 : 다 맞지만 더 중요한 게 먼지 아러?

여성 : 몰라요.

남성 : 남녀 간의 감정의 소통 입술의 만남.

여성 : 입술의 만남?

남성 : 키스

여성 : 아

남성 : 미선이는 남자친구랑 키스할 때 점수받아본적 있어?

여성 : 아니요.

남성 : 나는 예전 여자친구가 10점 만점에 8점이래.

여성 : 높네요.

남성 : 미선이가 더 높을 것 같은데?

여성 : 아니에요. ㅎ

남성 : 나중에 두고 보면 알지 모.

(나중이라는 단어는 너와 내가 키스를 할 수 있는 사이라는 걸 암시)

볼링공이야기로 섹슈얼토크 유도하는 방법입니다.

남성 : 미선아 너 볼링 좋아하니??

여성 : 아니요. 왜요?

남성 : 다른 건 아니고 너가 가슴에 볼링공두개 넣고 다니는 줄 알았어.

(글래머일 경우)

엉덩이에 볼링공 두개 넣고 다니는 줄 알았어.(글래머가 아닐

경우)

연애코치 곽현호가 만든 기술로 섹슈얼 토크를 유도하는 방식입

니다.

남성 : 미선아 너 입술 언제 생산했어??

여성 : 무슨 말이죠?

남성 : 입술이 너무 새 제품 같아서 말이지

여성 : 아 ㅎ

남성 : 괜찮아 조만간 새 제품을 훔쳐갈 남자가 생길지도 몰라.

(내가 그 남자가 될 수 있다는 간단한 암시)

드라마 이야기로 섹슈얼 토크를 유도하는 방법도 있습니다.

남성 : 미선아

여성 : 왜요?

남성 : 다른 건 아니고 언제 잘 거야?

여성 : 조금 있다가 자야죠.

남성 : 나는 오늘 2시에 볼게 있어서 그거 보고 잘 거야.

여성 : 뭔데요??

남성 : OCN에서 하는 그녀들의 은밀한 비밀 너무 재밌어 보여.

　　　오늘 잠 못 잘지도 모르지 ㅎㅎ 내가 녹화해서 너도 보내줄게.

동물로 섹슈얼토크 유도하는 방법입니다.

남성 : 혹시 미선이는 동물 중에 어떤 동물 좋아해??

여성 : 저요? xx요.

남성 : 내 별명은 말이야.

여성 : 왜요?

남성 : 이런 거 이야기해도 되나?

　　　해도 좋다면 할게 그 대신 오해하지말기.

여성 : 말해 봐요. 오해 안할게요.

남성 : 내 하체 힘이 말하고 비슷하다고 해서

여성 : 아하 ㅋ

남성 : 걸어 다니면 힘들잖아 미선이가 매일 걸어 다니지 않게

　　내가 간혹은 말이 되어서 태워줄게^^

이 경우, 여성의 응답여부에 따라서 더욱 진행을 해도 좋습니다. 만약 반응이 중립적이거나 거부 반응이면 바로 전환해 버립니다.

마지막으로 영화이야기로 섹슈얼토크를 이끌어내는 방법도 있습니다.

남성 : 미선아 너 혹시 너가 봤던 영화중에 가장 수위가 높은 영화는

　　모였어??

여성 : 바람난 가족이요.

남성 : 헉 그걸 봤단 말이야 역시 강한 여자구나 보고 나서 영화평은

　　어땠어?

여성 : 영화로 인정하고 봤지만 조금 야했어요.

남성 : 모든 여자는 간혹은 영화 속 주인공이길 꿈꾼다고 하던데

　　너도 혹시??

이 경우처럼 강한 섹슈얼토크는 간접적으로 하지 말고 직접적으로 진행하되 처음에 의문형으로 시작합니다. 그러면서 점점 범위를 좁혀가는 갑니다. 그리고 여성의 응답여부에 따라서 항상 진행여부를 결정하도록 하여라.

물론 섹슈얼 토크로 연락의 기술을 할 때 철저한 주의사항 한 가지

가 있습니다. 여성의 장소를 확실히 파악해야 한다는 점입니다. 섹슈얼토크가 안정적으로 먹히기 위해서는 여성이 집이나 방 안에 혼자 있는 상황이어야 합니다. 이 부분을 명확히 파악하고 진행하는 게 좋습니다. 섹슈얼 토크가 잘 먹히면 심지어 성적인 매력이 어필이 되어서 당신은 성적으로도 매력적인 남성으로 어필이 될 수 있다.

5. 기타 연락의
기술 섹션

5. 기타 연락의 기술 섹션

이 파트는 이때까지 파트 중에서 혹시나 빠진 내용을 적어놓은 파트입니다. 책의 흐름에 따라서 어쩔 수 없이 제외되었던 내용만을 꼽아서 이 파트에 실어 놨습니다.

지르기(즉시 제안하기)

때론 이도저도 돌아보지 않고 과감하게 지르는 것도 중요합니다. 체계적으로 단계를 밟아서 연락의 기술을 진행할 만한 여유가 없을 경우나, 구장에서 거의 새가 될 무렵에 연락되는 여성이 있을 경우 바로 전화해서 합석 제안을 걸어버립니다. 물론 이 경우 여성이 전화를 받지 않는 경우가 상당수입니다. 하지만 시도조차 하지 않는다면 그대로 문자는 다음 날짜로 넘어갈 수도 있습니다. 이 여성을 애프터로 넘기느냐, 아니면 당일 만남을 시도해보느냐는 여러분의 선택입니다.

그리고 여성이 심심하다는 간을 보일 때도 어느 정도 질러야 할 시기입니다. 물론 바로 지르지는 않습니다. 조금 대화를 나눠보고 확실하다 싶으면 문자나 통화로 만남을 질러 버립니다. 물론 이 경우도 실패할 가능성을 어느 정도 염두에 둬야 합니다. 지르기의 치명적 단점은 한번 질렀을 경우에는 그 번호는 다시 살아나지 않을 가능성이 높다는 점입니다.

하지만 평소에 어프로치를 잘하고, 구장에서도 잘하는 분이라면 지르기 자체가 효과적으로 작용하는 편입니다. 자꾸 지르다보면 결국 단박에 과정을 끝낼 수 있는 여성에게도 지르게 될 것이고, 결과적으로 당일 날 최종결과가 이뤄지는 경우가 생기기 때문입니다.

평소에 스스로 자신을 돌아보기에 답답했던 분들에게 지르기를 추천합니다. 지르고 실패하더라도 여자는 많습니다. 질러보지도 않는다면 또 연락의 기술의 기나긴 바다를 건너야 한다는 것을 알아두십시오.

경험의 중요성

모든 일이 그렇듯, 연락의 기술에서도 경험이 중요합니다. 경험이 쌓이면 정신력이 좋아지고 기술력의 질이 늘어난다고 하지만, 경험이 쌓이기 위해서는 많은 경험을 쌓아봐야 합니다. 결국 기술과 마인드 2가지는 경험의 양에 따라서 달린 문제입니다.

많이 여성에게 접근 하고 많이 연락의 기술을 하십시오. 그리고 많이 실패하십시오. 물론 이 책은 실패의 시행착오를 줄여주는 데 기여할 것입니다. 하지만 그럼에도 당신의 실패 자체를 못 막는 경우도 있습니다. 하지만 주저한다면 경험을 쌓을 기회도 사라질 것입니다.

해보고 안 되는 것과 해보지도 않고 안 된다고 생각하는 것은 어마어마한 차이가 있습니다. 물론 너무 생각 없이 실패만 경험한다면 안될 것입니다. 안된 경험만 자꾸 쌓인다면 마인드도 부정적이 되고 배울 것이 없습니다. 그래서 실패의 경험 한가운데서 단 한번이라도 성공의 경험을 가지는 것이 중요합니다. 이 책은 여러분이 실패한 경험 한가운데서 성공한 경험을 좀 더 주기위해 탄생한 것입니다. 책을 바탕으로 부디 다양한 시도를 하시고, 다양한 경험을 쌓아서, 확실한 성공을 하시길 빕니다.

동시연락의 가치평가(선택의 문제)

무슨 말인지 알쏭달쏭 했을 것입니다. 이 경우는 애프터 만남을 잡을 때, 그리고 그러기 위한 여성들이 여러 명일 때 해당되는 내용입니다. 즉, 동시에 연락되는 여러 여성들이 있을 때 어떤 것에 더 가치를 두어야 할지를 결정하는 문제에 해당 됩니다. 즉, 이것은 어떤 선택이 옳은 선택이냐에 대한 해답인 셈입니다.

여기 여러분과 연락되는 3명의 여자가 있습니다. 그 여자는 다음과 같습니다.

> (1) 자신이 이미 호감도를 다 쌓았고, 지금도 사이가 괜찮은 여자
>
> (2) 역시 자신이 이미 마음을 훔치고, 언제든 만날 수 있는 여자
>
> (3) 한창 연락의 기술 작업 중인 여자
>
> (물론 애프터 시 충분히 실패 가능성 존재)

여러분이 1번 여자나 2번 여자와 이미 만남이 잡혀있는 상태라고 칩시다. 이미 다 겪은 여자이기 때문에, 1번 여자나 2번 여자는 쉽게 최종목표(여자친구로의발전)까지 갈 수 있는 상황입니다. 그런데 3번 여자랑 연락을 하는 와중에 애프터 가능성이 보여서 애프터를 제안합니다. 그리고 3번 여자가 제안을 수락했고, 날짜를 정하는 와중에 둘이 만날 수 있는 가장 빠른 날짜가 1번 여자나 2번 여자를 만나기로

한 날입니다. 여러분이라면 이 경우 어떻게 하겠습니까?

물론 이것을 가치판단으로 생각한다면, 3번 여자를 만나든 2번 여자를 만나든 모두 가치판단의 문제이므로 어떤 것이 틀린 결정이라고 말할 필요는 없습니다. 하지만, 작업적인 관점에서 보면 무조건 3번 여자여야 합니다. 아쉽지만, 1번 여자나 2번 여자의 약속은 무조건 취소시켜야 합니다.

왜 그럴까요? 작업에서 가치가 어떤 것이 높은가 낮은가를 가르는 기준은 그 기회가 다시 올 수 있느냐 없느냐로 판단됩니다. 즉, 이 여자와 만날 기회가 다시 오는 기회라면 그것은 후순위로 밀립니다. 하지만 2번 여자처럼 기회가 다시 안 올지도 모르는 경우라면 무조건 선순위에 위치해야 합니다. 기회의 가능성 유무에 따라 가치의 높고 낮음이 결정 된다는 점 꼭 기억해두시길 바랍니다. 연락의 기술 와중에 이 경우를 고민하시는 분들이 많았기에 이렇게 책에 내용을 실어 봤습니다. 사실 1명하고만 연락하는게 올바르지만 현실적으로 이 책을 집필했기에 이러한 경우가 있다고 말씀드리는 겁니다.

죽은 번호 살리기(연락의 기술 소생술)

이미 여러분에게 호감이 없는 여성이 있습니다. 결국 여러분이 연락을 할 때 그 여자는 여러분에게는 답장이 하지 않을 것입니다. 혹, 여러분이 연락의 기술을 하는 와중에서 잘못을 해서 갑자기 연락이 끊어진 번호나, 혹 너무 질질 끌다보니 느슨해져서 연락이 끊어진 번호도 있을 것입니다. 그리고 그것을 일명 죽은 번호라고 합니다.

이런 죽은 번호들에게 메시지를 보내봤자 답장이 오지는 않는 이유는 간단합니다. 여러분에게 호감이 없거나 여러분에게 연락할 가치가 없다고 생각해서입니다. 그렇다면 번호가 의도적으로 죽은 것인지 아닌지를 우리가 판단할 필요가 있습니다. 다음은 의도적으로 죽은 번호의 특징입니다.

> (1) 답장이 2번 이상 무시가 되었을 때
> (2) 단답형으로 답장이 오다가 연락기 끊길 때
> (3) 며칠이 지나도 카카오톡의 1이 지워지지 않을 때

비의도적으로 죽은 번호의 특징은 다음과 같습니다. 여기서 말하는 비의도적으로 죽은 번호라는 것은 죽은 번호가 아닌데 당신이 죽었다고 스스로 판단하는 경우입니다.

(1) 본인도 모르게 ??를 붙이지 않아서 답장이 오지 않을 때

(2) 답장이 잘 오다가 갑자기 안 올 때

(3) 곤란한 질문에 답장이 없을 때

(4) 1시간 안에 답장여부를 판단하는 조급한 판단을 할 때

이 2가지를 잘 파악해보고 번호가 죽었는지 아닌지를 판단해야 합니다. 그래야 우리가 해야 할 전략을 제대로 짤 수가 있습니다. 그렇다면 죽은 번호는 어떻게 살릴 수가 있을까요? 죽은 번호가 살아날 확률은 50%입니다. 가능할 수 도 아닐 수도 있습니다. 죽은 번호를 살리기 위해서는 마음가짐이 냉정하고 마음속에 아무런 감정이입이 되지 않은 상태에서 메시지를 보내야 합니다.

죽은 번호는 당장이 아니라 일정 기간 시간이 지나야 살리기가 가능합니다. 남성에 대한 기억이 없어질 때 쯤 우리의 비호감조차도 삭제되는 것입니다. 그렇게 일정기간이 지난 다음, 궁금증을 유발시키기 위해서 포토루틴을 사용합니다. 아래 사례를 보죠.

남성 : 귀여운 사진(귀여운 동물사진) + 안녕??

여성 : 누구?

남성 : 나 몰라요?

여성 : 네, 몰라요.

남성 : 이게 내 사진이에요.

여성 : 장난치지 말고 정말 누구죠??

남성 : 보기를 주게요. 맞춰 봐요. 1번 친구 2번 과거 애인 3번 대통령

여성 : 모르겠네요. or X 번이요.

남성 : 다 틀렸어요. 내가 누군지는 전화로 알려드릴게요.

물론 이 경우 전화를 받으면 사실 저번에 누구였다고 말해줍니다. 만약 안 받는다면 계속 문자로 대화를 이어 가도록 합니다.

그래서 여성이 전화를 받는다면 안부부터 물어보고 '난 누구누구였다'라고 한 다음에 여성의 반응을 보십시오.

반응이 괜찮으면 대화를 이어가고 안 좋다면 여성은 핑계를 대고 끊을 것입니다. 하지만 곽현호가 해본결과 60%정도의 여성들은 반응이 괜찮았습니다. 왜냐하면 오랜 기간 동안 여성들과 작업하면서, 곽현호는 연락의 기술가지고는 거의 감정적인 변화를 느끼지 못하기 때문입니다.

그리고 여성이 외로워할 만한 시기에 보내면 성공 가능성이 높은 편입니다. 거기다가 미리 질문을 대본으로 종이에 써놓고 그대로 실행합니다. 여성을 내 대화 테두리 속에 가둔다면 죽은 번호를 살릴 가능성이 높기 때문입니다.

잘못한 게 없는데 연락의 기술이 왜 죽지?

이 질문에 대한 대답은 두 가지로 나뉩니다. 먼저, 잘못한 게 분명히 있는데 모르는 경우입니다. 이 경우는 연락의 기술 고찰법을 참고하시길 바랍니다. 상대방의 입장에서 문자를 관찰해보세요. 무슨 잘못을 했는지 좀 더 명확히 보이실 겁니다.

그리고 본 내용, 잘못한 게 없는데 죽은 경우입니다. 멀쩡하던 연락의 기술이 죽어버리면 사람입장에서 황당합니다. 그리고 실전에서 이런 경우도 상당히 많다는 점입니다. 어찌 보면 이게 얼굴도 못 보는 연락의 기술의 한계일 수도 있습니다. 사실 잘 되는 연락의 기술의 여성 스스로의 의지력으로 죽는 경우는 거의 없다고 보서도 무방합니다. 따라서 잘 되는 연락의 기술이 갑자기 죽는 것은 주위 친구나, 혹 말하지 않았던 남자친구 때문에 발생합니다. 남자친구야 걸렸으니깐 그렇다 치더라도 타겟 여성의 친구 같은 경우에는 여성의 주고받은 문자를 보고는 쓰잘때기 없는 조언을 하는 경우가 있습니다. 특히 여성은 친한 동성친구의 말에 쉽게 흔들리기 때문에 동성친구가 '얘는 좀 아닌 것 같다'라고 판단되면 이런 경우가 발생하는 것입니다. 즉, 다른 나라에서는 드문 현상 중에 하난데, 남을 신경 많이 쓰고 참견하기 좋아하는 한국인의 특성상 이런 어이없는 경우가 발생하는 것입니다. 이제 이해가 되셨는지요? 그렇기 때문에 연락이 안 될 경우 죽은 번호로 남기고 쿨하게 다른 작업을 시작하시길 바랍니다.

6. 유형별
실전 예제

6. 유형별 실전 예제

이 파트에서는 퍼시드의 대표 곽현호의 실제 연락의 기술 스크립트를 보실 수 있습니다. 이전 파트에서도 언급했지만, 연락의 기술의 최대 장점은 준비를 하고 실전에 들어갈 수 있다는 점입니다. 스크립트를 참고함으로서 전체적인 연락의 기술의 흐름이 어떻게 진행되야 좋은지 감을 잡고 과정을 진행할 수 있으며, 필요하다면 그때그때 필요한 멘트를 참고해서 던질 수 있습니다. 즉, 연락의 기술을 시작할 때나 막힐 때 그때그때마다 봐두면서 활용하면 큰 도움이 되실 겁니다.

나이트클럽에서 당일 합석 유도 상황

나이트클럽에서 당일 날 번호를 받은 합석을 고려할 때는 10분 정도 내에 문자를 보내줘야 합니다. 그리고 다음 스크립트를 보면서 흐름에 대한 감을 잡고 참고하면서 이야기해 보도록 합니다. 실제 스크립트 그대로이기 때문에 맞춤법이 어긋나도 양해바랍니다.

남성 : 안녕??

(첫 문자는 ?? 2개를 붙여서 답장을 강력하게 유도한다)

여성 : 누구??

(누구라는 말을 듣지 않으려면 여성에 폰에 번호를 저장했어야 한다)

남성 : 너의 이상형

여성 : 이상형 만난 적 없는데??

남성 : 나 아까 너한테 껌 주었던 남자야.

(남성에 대한 기억을 일으키기 위한 것이 필요)

여성 : 아

남성 : 내가 준 껌 맛은 어때??

여성 : 먹을만해 ㅋㅋ

남성 : 너 지금 내가 너 등에 몰래카메라 붙여놨어

그래서 너 모하는지 다보여ㅎㅎ

지금 앉아 있구나??(유머는 여성에게 호감을 증폭시키는 역할

을 한다)

여성 : ㅋㅋ 나를 훔쳐보고 있구나.

남성 : 아니. ㅋㅋ 우연히 봤어 지나가다가 근데 오늘 기분은 어때??

여성 : 그냥 그렇지. ㅋ

남성 : 그래?? 기분이 좋아지는 방법을 알려줄까??

여성 : 뭔데??

남성 : 기분 좋아지게 하는 남자와 술 한 잔 하는거!!

여성 : 그게 너라고?? ㅋㅋ

남성 : 응. 딱 봐도 그래 보이잖아. ㅎ

여성 : 음, 친구한테 물어봐야 하는데.

남성 : 친구가 대장이구나??

여성 : 친구가 갈 건지 물어봐야지.

여기서 가장 중요한 것은 합석이라는 것은 한명의 허락이 아닌 두 명의 허락을 얻어야 가능한 점입니다. 이런 경우는 친구를 직접 만나서 설득하는 게 가장 좋은 방법입니다. 연락의 기술로 친구한테 물어보라고 하는 것은 생각보다 합석 확률이 적습니다. 여성의 친구는 남자의 친구에 대한 친밀감이나 믿음이 없기 때문이죠.

남성 : 너 자리가 어디야 잠깐 화장실 앞에서 보자!!

여성 : 지금??

남성 : 응

잠시 후 화장실에서 여성과 간단하게 이야기를 한 뒤 여성의 자리로 같이 갑니다. 그리고 여성의 친구를 기다리는 거죠. 여성의 친구가 왔고 이제 멘트를 여성의 친구에게 던집니다.

남성 : 저기요 안녕하세요. 반가워요. 친구는 닮는다더니 친구 분도
　　　미희 닮아서 매력이 물씬 풍기네요. 어디 갔다 이제 오세요??

여성의 친구 : 저요 부킹 다녀왔어요.

남성 : 아 그래요 남자들 많죠?? 근데 세상에 잘생긴 사람도 많고 돈
　　　많은 사람도 많아요. 하지만 딱 하나 매력 넘치는 사람은 적다
　　　고 생각하거든요. 전 돈이 많지도 잘생기지도 않았지만 매력 하
　　　나만큼 넘치는 남자에요. 저희랑 같이 나가서 분위기 좋은 대
　　　화 하면서 한잔해요. 물론 저희가 재미없고 별로다 싶으면 그땐
　　　저희를 사기죄로 경찰서에 고소하세요. 어때요??

여성의 친구의 반응인 긍정이냐, 부정이냐, 망설임이냐로 갈릴 것입니다. 물론 부정이나 망설임이라면 설득을 계속 진행합니다. 하지만 만약 긍정적인 반응이라면 다음과 같은 경우에 해당됩니다.

여성의 친구 : 미희는 나간대요??

남성 : 이미 허락받아 놨어요.

여성의 친구 : 알았어요. 콜

주의사항이 하나 있습니다. 나이트마다 분위기가 다르지만 관광나이트의 경우는 여성의 테이블비용을 내주는 경우가 특유의 분위기로 형성되어 있습니다. 처음에는 이런 것을 부정하고 싶었지만 로마에 가면 로마의 법을 따라야 하는 게 맞습니다. 자존심이 밥 먹여 주지 않습니다. 사람은 언제나 유연성이 있어야 하는 법입니다. 상대방을 오늘 유혹할 자신이 있다면 여러분은 여성의 테이블 비용을 지불하고 나서 합석을 해도 나쁜 방법이 아닙니다.

부정적인 반응인 경우도 살펴보겠습니다.

여성의 친구 : 저희는 그냥 조금 더 놀다가 집에 갈려고요.

남성 : 집에 갈 때 연락주세요.

여성의 친구 : 아니에요. 저희끼리 갈게요.

남성 : 알았어요. 오늘만 날은 아니니깐 다음에 뵙죠.

이런 식으로 마무리해서 상대방의 기분을 상하게 하지 않아야 애프터라도 가능할 것입니다.

나이트클럽 애프터 유도 상황

이 상황은 2가지 경우로 존재 합니다. 먼저 첫날 번호를 받은 후 어느 정도 문자를 하다가 다음날에 다시 문자를 이어 가는 방법과 한 가지는 처음부터 문자를 아예 다음날 넘어가서 하는 방법입니다. 2가지 경우를 모두 다 살펴보겠습니다.

1) 번호 받은 당일 날 문자를 하는 경우

남성 : 안녕??

여성 : 누구?(아까도 말했지만 여자의 폰에 나의 번호를 꼭 저장을 해두게 한다.)

남성 : 아까 XXXXX했던 남자.

　　　(대화 당시 특징있는 것을 언급하기, 오픈룹스 참고)

여성 : 아하 ㅋ

남성 : 모하고 있었어??

여성 : 그냥 가만히 있었어.

남성 : 남자들 많으니깐 조심 해야되 늑대가 많거든.

여성 : 너도 남자잖아. ㅋ

남성 : 남자이긴 한데 늑대는 아니야!! 치타지 치타는 암컷을

배려해주거든.

여성 : ㅋ 치타래.

남성 : 오늘 잠시지만 만나서 반가웠고 내가 내일 연락할게.

집에 가야하거든 남자들 조심해서 잘 들어가라고!! 요즘 세상

이 흉흉하니깐.

여성 : 그래 ㅎ

애프터 유도를 할 경우에도 첫날 문자를 주고받은 경우가 연락이 훨씬 잘되는 경향이 큽니다. 그리고 문자를 보내는 마지막에 배려 섞인 문자를 한다면 다른 남자들의 당일 날 여성들과 합석하려는 조급한 늑대 같은 남자들과는 차별화가 되기 때문에 여성이 여러분을 특별하게 여길 수도 있습니다.

2) 번호를 받고 추후에 연락할 경우

추후에 연락할 경우, 한 가지 문제점이 있습니다. 만약 여성이 문자를 무시하기 쉬운 시간에 보낸다면 문자 답장이 오지 않을 가능성이 매우 크다는 점입니다. 그러므로 여성이 문자 답장을 하기 좋은 시간에 보내는 게 좋습니다. 나이트클럽을 다녀온 여성의 경우, 다음날 연락을 할 경우, 피곤하기 때문에 연락이 잘 안 되는 경우가 많습니다. 그래서 항상 이틀 뒤 오전에 문자를 보내는 경우가 연락이 잘 되는

경우가 많았습니다.

남성 : 안녕?? 그날은 잘 들어갔어??

여성 : 참 빨리도 물어보는 구나. ㅎ

남성 : 어제 하루 종일 쓰러져 있어서 ㅎ 넌 컨디션 괜찮아??

여성 : 아니, 아직도 피곤해 .ㅠㅠ

남성 : 너무 불태워서 그래 그만 좀 불태워 그러다가 화재 나겠어!!

여성 : 화재가 나면 니가 소화기로 끄면 되잖아??

　　　(재치 있는 여성의 답변일 경우) or 설마 ㅎ (일반적 답변일 경우)

남성 : 근데 지금 직장에서 일하고 있겠네??

　　　(물론 학생이면 수업으로 물어볼 것)

여성 : 그렇지 월요일이라서 매우 바쁘군 일하기도 싫고

남성 : 로또가 되면 직장 안다녀도 되니깐 오늘 부터 로또를 사는 건

　　　어때??

여성 : 로또라 그랬으면 좋겠다!!

남성 : 넌 로또가 되면 뭘 제일 먼저 하고 싶은데??

여성 : 쇼핑이지(여성의 대부분 답변이 쇼핑 혹은 여행으로 나왔다)

남성 : 여성들은 옷 사고 그런 거에 관심이 많긴 하지 ㅋ

　　　하지만 지금은 회사의 착취 노동자니깐 열심히 일해야지 ㅎ

　　　아침밥은 먹고 다니니??

여성 : 아니 안 먹고 다녀 그냥 그 시간에 잠을 더 자지 ㅎ

　　　(참고로 대부분의 여성 직장인들은 아침밥을 거르는 경우가 많다)

남성 : 그렇구나 ㅎ 암튼 일 잘하고 있어 나도 일 해야 되서 이따 연락

할게.

(너무 긴 대화는 자칫 대화가 지루해질 수 있으니 적당하게 이

야기하고 끊어야 한다)

나이트클럽 1:1 당일 합석 유도 상황

1:1 합석이라는 것은 생각보다 쉬운 것은 아니지만 또한 불가능한 것도 아닙니다. 하지만 상대방 여성이 여러분에 대해서 상당한 호감을 가지고 있을 때 만 가능한 일이기도 합니다. 만약 여성의 친구 반대로 2:2, 3:3 합석이 불가능 해 보일 때 여러분의 파트너였던 여성이 여러분에 대한 호감이 강한 경우에는 가능한 때도 있습니다.

남성 : 안녕? 모하고 있어?

여성 : 나?

남성 : 응 너랑 이야기 하고 있잖아ㅎ

여성 : 나 그냥 부킹하다가 자리에 있어 넌?

남성 : 나도 그냥 여기 있어 ㅎ 근데 갑자기 기분이 우울하다.

여성 : 왜??

남성 : 미희가 없으니깐 ㅎ 재미가 없네.

여성 : 모야 ㅎ 나없어도 잘 놀더만

남성 : 아니야 너 없으니깐 맥주를 코로 마시는 것 같아. ㅎ

여성 : ㅎㅎ 보고 싶구나 내가?

     (여성이 호감이 많이 나오면 이런 반응도 나온다)

남성 : 너 그런데 친구들이랑 같이 있잖아.

여성 : 응 맞어 ㅎ

남성 : 그렇다면은 친구 보내고 나랑 아침 해장이나 같이 하자. ㅎ

여성 : 친구 보내고??

남성 : 참고로 사람의 인연은 견고 한거야.

　　　내가 너에게 느끼는 호감은 어찌 보면 우리가 전생에 이루지

　　　못한 사랑이 지금까지 나타나는 것 같은 감정이라고나 할까??

여성 : ㅎ 음 한번 생각해볼게 혹은 이따 봐서 ㅎ

남성 : 긍정적인 답변으로 생각하겠어 ㅎ

　　참고로 여성들은 나이트클럽에서 늦게까지 놀고 나오는 경우가 굉장히 많습니다. 그러므로 섣불리 집에 일찍 가는 것은 애프터로 넘겨야 할 것입니다.

길거리 헌팅 1

남성 : 안녕하세요??

여성 : 누구세요?

(항상 말하지만 여성의 폰에 남자의 이름이 저장되어 있어야

이런 반응이 나오지 않음)

남성 : 아까 스치듯 인연처럼 지나간 매력만점 남성이요 ㅎ

여성 : 아 그분이시구나!

남성 : 네 잘 들어 가셨어요??

여성 : 네 ㅋ 지금 집이에요(수업중이에요 or 친구 만나러 왔어요)

남성 : 저도 ㅎ 지금 친구 만나고 이제 집 가는 길이에요

근데 집이 이 근처신가 봐요?

여성 : 맞아요 이 근처에요 ㅎ(아니에요 친구 만나러온거에요)

남성 : 혹시 그거 아라요??

여성 : 모요??

남성 : 그쪽 매력이 뭔지요

여성 : 모르겠는데요 ㅎ

남성 : 제 생각에는 돈 많아 보이는 재벌 집 며느리 같아요

여성 : 모에요 ㅎ

남성 : 제 생각엔 여유 있어 보여요 그게 매력인 것 같아요

여성 : 제가 여유 있어 보여요 ?

남성 : 네 ㅋ이건희 회장 딸이라고 해도 믿겠어요 농담이고 ㅎ

행동자체가 여유 있어 보인다고요 저의 매력은 뭔지 아라요??

여성 : 몰라요 뭔데요?

남성 : 변기통 같은 매력이에요

(변기통에 대한 설명을 처음부터 하지 말 것)

여성 : 변기통이요ㅎ

남성 : 변기통처럼 무엇이든지 흡입하는 매력이 있다는 것이죠 ㅎ ㅎ

여성 : 아 그래요?? ㅎ

남성 : 근데 혹시 집안에서 막내세요??

(화제 전환 후 여성과 관련된 이야기로 전환)

여성 : 네 맞아요 어떻게 알았어요?(맞다고 할 경우) or

아니에요 첫째에요(아니라고 할 경우)

남성 : 오 역시 막내였구나 막내처럼 활발 명랑해 보였어요

그래서 나는 막내인줄 알았네요 or 오 역시 첫째였구나 왠지

든든해 보이는 고목나무 같은 느낌이 있었어요

그런데 저는 몇째일 것 같아요??

여성 : 음 첫째??

남성 : 땡 전 가장이자 막내인 외동아들이에요 ㅎ 귀하다는 외동아들

여성 : 그렇구나. 전혀 안 그래 보이던데 ㅎ

남성 : 사람은 원래 겉모습으로만 판단하기가 어렵죠 ㅎ

그쪽도 겉모습으로만 보면 재벌 집 며느리라니까요 ㅎ ㅎ

제 이름은 아세요?

이런 식으로 어느 정도 첫날에는 대화를 많이 하는 것이 좋습니다. 길거리 헌팅의 경우에는 접근시간이 매우 짧기 때문에 상대방과 연락의 기술을 통해서 대화를 많이 해야 신뢰도가 구축이 됩니다. 대화를 많이 할수록 다음날도 번호가 죽지 않을 가능성이 높기 때문입니다.

길거리 헌팅(만남 제안)

번호를 받은 날 다음날이 휴일일 경우에 해당합니다.

남성 : 안녕하세요??

여성 : 네 ㅎㅎ

남성 : 제가 누군지 아세요??

  (여자가 번호를 저장해도 일부러 장난을 치는 것)

여성 : 아까 그분 아닌가요??

남성 : 네 맞아요 아까 밝은 에너지를 가진 남자다운 남자 맞아요

  어디가시는 길이었어요?

여성 : 저요 집에 가는 길요 or 친구 만나고 집에 가는 길이요

남성 : 그래요 ㅎ 제가 볼 땐

  (나이에 따라서 학생인지 직장인 인지는 알 수 있지않는가)

  오늘 불타는 주말인데 불태우지 않으세요??

여성 : 네 ㅋ 친구 만나고 약속은 없어서요 ㅎ

남성 : 아이고 휴일은 1년에 100일도 안되는데 보람차게 보내야

  하는데 혹시 치맥 좋아하세요??

여성 : 치맥요? 음 좋아해요

남성 : 저도 치맥 매우 좋아해서 혼자 먹으러 갈려고 하는데 ㅎ

  혼자 먹으면 굉장히 맛이 없을 것 같기도 해서 혹시 치맥 먹으

러 갈건데 같이 가지 않을래요?? 물론 치맥뿐 아니라 제가 재

미있고 활기찬 이야기도 많이 해드릴게요 ㅎ

여성 : 음 어디신데요?

남성 : 아까 번호 받은 곳 근처에요

여성 : 알겠어요!!(승락할 경우) or 다음에 먹어요(거절할 경우)

거절하는 경우는 보통 여성이 아직 남성에 대해서 관찰의 시간을
더욱 필요로 하는 경우입니다. 따라서 거절하더라도 여유 있게 받아
줘야 한다.

남성 : 그러면 기다릴게요 오시면 연락주세요

이 경우 여성을 만났을 때, 정말 치킨 맥주집으로 간다면 여러분은
바보입니다. 치킨 맥주집이 둘만의 분위기를 높이기 위한 곳으로서는
얼마나 분위기가 안 좋은 곳인지 잘 알고 있을 겁니다. 간단한 명분
제시로 치킨맥주집이 아닌 룸식 호프 주점을 이끌어야 합니다. 물론
여기서 괜찮은 명분이란 타이밍에 맞는 명분을 말합니다.

남성 : 제가 아는 곳인데 치킨 맥주집보다 이집 치킨이 매우 고소하고
맥주도 시원해서 ㅎ여기로 가요 분위기도 좋고요.

어떤 진행의 과정이든 중요하게 작용하는 게 명분입니다. 여자를

설득하는 작업은 말 그대로 명분싸움입니다. 명분만 합당하다면 설득하는데 크게 어렵지 않습니다. 만약에 치킨 맥주집을 간다면 스킨쉽도 힘들고 시끄러워서 집중도 안될 테니 로맨틱한 분위기는 절대 없을 것입니다. 명분 제시만 적절히 하실 수 있다면 제안 따위는 언제든 변경할 수 있습니다. 어차피 여러분이 사는 것 아닙니까?

해변가 헌팅 합석 유도 상황

경포대/대천/해운대/망상 등등 전국 각지 해수욕장에 쓸 수 있는 연락의 기술입니다.

남성 : 안녕하세요??

여성 : 네 안녕하세요!

남성 : 아까 자외선은 피해서 ㅎㅎ 숙소에 잘 들어가셨어요??

여성 : 네 잘 들어왔어요!!

남성 : 해변에 왔으면 해변에 맞는 음식을 ㅎㅎ

먹어야 할텐데 오늘 저녁 메뉴는 어떤 거 먹어요??

여성 : 저희요 고기 먹을려고요

남성 : 해변에서는 고기를 먹는 게 정석이긴 하죠 한 7시쯤 먹겠네요??

여성 : 네 그쯤이나 더 늦게 먹을지도 ㅋ 몰라요 씻어야 해서요

남성 : 아 그렇군요 근데 경포대의 밤은 길다고 하잖아요

알고 계셨죠??

여성 : 그래요?? 몰랐어요 ㅎㅎ

남성 : 경포대의 밤은 굉장히 길어요 하지만 긴 밤에 친구들과 담소를

나누는 것도 좋지만 더 즐겁게 보내는 방법이 있어요!! 무엇인

지 알아요?(연락의 기술에서는 '뭔지 아라요?' 형태의 글로 표

현하는 게 더욱 좋다. 맞춤법은 중요하진 않다)

해변가 헌팅 합석 유도 상황2

남성 : 안녕하세요^^??

여성 : ㅋㅋ 안녕하세여

남성 : 네. 방가 숙소가 매우 가깝나봐용??

여성 : 아뇨 한참 걸어야 되는데 ㅜㅜ

남성 : 아 그래요? 완전 빨리 스포츠카처럼 들어가신 것 같은데?

　　　오늘 놀러 오신 거에요??

여성 : 네!! 오늘 아 근데 몇 살이세여??

남성 : 일번 25살 이번 26 삼번 27 사번 28 오번 마흔 요기서 ㅎㅎ

　　　한번 골라보세요 맞추면 선물 줄게요 과연? ㅎㅎ

여성 : 마흔?

남성 : 내가 이모부뻘이네요? ㅎㅎ 땡 26이에요 내가 오빠네요

　　　근데 저녁은 먹었어용??

여성 : 아 ㅋㅋㅋ 지금 저녁 먹을려고요 오빠는여??

남성 : 우린 통닭 시켜서 흡입중인데 얼굴은 학생처럼 보였는데

　　　학생이죠??

여성 : 아 ㅋㅋ 학생 아니에요 일 다녀요

남성 : 오 그렇구나 난 모하는 사람처럼 보여요??

여성 : 음....

남성 : 직장 그만두고 지금은 개인적으로 일해요 저녁은 맛있게 먹고

있어요??

여성 : 아~ ㅋㅋㅋ 넹 삼겹살요 치킨은 먹을만해요??

남성 : 치킨이 다 같은데 바닷가 치킨은 조금 더 ㅎㅎ 맛있네요.

　　　술은 안 드시나 봐요??

여성 : 아 술은 조금 먹고 있어요 오빠 친구분들은 몇 명인데여?

남성 : 우린요 세 명이에요 다섯 명 같은 세 명이라고나 할까

　　　아까 다섯 명이라고 하지 않았나?

여성 : 아 ㅋㅋㅋ 네 5명 우리가 너무 많은 듯

남성 : 우리가 분신술이라도 쓸까요??

　　　다섯 명 같은 세 명이 되어보죠 한번 그러니 같이 ㅎㅎ 한잔해요

여성 : ㅋㅋㅋ 분신술 한번 해봐요 아 저 아직 밥 먹고 있어요 ㅜㅜ

남성 : 아하 오케이 ㅎ 그래요 밥 먹으면 열 시 반쯤 되나용 ? ? ㅎㅎ

여성 : 음 그럴까요 어디서용?

남성 : 원하는 곳 있어용??

여성 : 요기 잘 몰라서 ㅜㅜ

남성 : 그러면 시원하게 날도 더우니 저희 방에서 에어컨 키고

　　　보드카나 한잔해요^^

　　　스페셜 여성을 위한 나쵸안주 준비해뒀어요

여성 : 와 그럴까요??

남성 : 네 그러도록 합시다^^

여성 : 콜

애플리케이션 연락의 기술

남성 : 세상에서 가장 리더쉽 있는 남자입니다 방가워요!!

　　　(어플에서는 가장 처음에 누구나 하는 인사보다는 자신감 있

　　　는 유머가 함유된 문장으로 자신을 어필해야 차별화를 일으킬

　　　수 가 있다)

여성 : 자신감이 느껴지네요!!

남성 : 도도한 느낌이 물씬 풍기는 그대는 몇 살이신가요??

　　　제가 보기엔 20대 같은데

여성 : 당연히 20대죠 30대에 어플하기엔 좀 그렇잖아요 ㅎㅎ

　　　그쪽은??

남성 : 나도 20대죠 30대에 어플하기엔 좀 그렇잖아요

　　　어머니가 하시던 말씀이 있는데 밥은 먹고 다니니?(여성의 문

　　　장을 그대로 카피해 동질감 유도)

여성 : ㅋㅋㅋ 밥은 먹고 다니죠 당연히

남성 : 근데 신기한 게 있는데 어플에선 항상 막 대하는 느낌이

　　　있는데 오늘 따라 왠지 매너를 지키고 싶어요 왠지 알아요?

여성 : 몰라요

남성 : 그쪽에게 왠지 다른 여성들과는 다른 좋은 느낌이 있어서요

여성 : 작업 치시는 거에요??

남성 : 작업이 아니라 유혹하는 거에요

여성 : 유혹이래 ㅎㅎ

남성 : 근데 그쪽은 이렇게 좋은 날씨에 집에서 핸드폰하고 있는
거에요??

여성 : 그쪽도 핸드폰 하고 있잖아요 ㅎㅎ

남성 : 근데 아마도 그쪽하고 대화할 인연이라서 ㅎㅎ
평소에 잘안하는데 오늘 하게 된것같아요

여성 : 정말 ㅋ 말은 청산유수라니까요

남성 : 다행이도 전 언행일치 하는 남자에요 말과 행동이 너무 같아요

여성 : 그랬으면 좋겠다.

남성 : 그렇기 때문에 좋으시겠네요??

여성 : ㅎㅎ 자신감이 넘쳐요

남성 : 남자는 자고로 자신감과 배려 두 가지를 가져야 한다고 배웠어요.
슈퍼마켓 아저씨한테

여성 : 슈퍼마켓 아저씨가 그런 것도 알려줘요??

남성 : 세상에는 누구한테 배운다고 한들 배울 점이 있으면 배우는 게
좋은 거라고 생각하거든요 ㅎ 그래서 제가 그쪽한테도 배울 점
이 있나 해서 대화를 하고 있는 거에요 그런데 배울 점이 있을
것 같아요

여성 : 저한테요??

남성 : 배울 점이 있다고 생각되서 그런데 카톡이나 연락처 알려주세요
앞으로 대화하면서 배울 점을 찾아 볼려고요

여성 : 음

남성 : 고민하면 탈모생겨요!!

여성 : 알겠어요 ㅎㅎ

강남 E 클럽 스탠딩입장한 뒤 연락처 받은 후 애프터 유도

남성 : 이리오너라!!

여성 : 누구세요??

남성 : 저 몰라요? 실망이네요

여성 : 누구신지;;

남성 : ㅋ알려드릴게요 엘루이에서 부채질 해주던 ㅎ

한여름에 에어컨같은 시원한 남자요

여성 : 아 그분 ㅎㅎ 잘 들어갔어요??

남성 : 덕분에 그쪽이 그날 ㅎ 예거밤 한잔 사줘서 잘 들어갔죠!!

해장은 하셨어요??

여성 : 2일이나 지났는데 해장하고도 ㅎㅎ 남았죠

남성 : 저도 해장하고도 남았어요 ㅎ 근데 원래 무슨 일해요

생긴건 아이들 잘 가르칠 것 같아서 유치원 교사의 해맑은 얼

굴처럼 생겼는데!!

여성 : 저요?? 완전 다른데

남성 : 그렇다면 회사원!!

여성 : 딩동댕!!

남성 : 내가 한번에는 못 맞춰도 두 번에 맞추는 재주가 있어서요 ㅎ

여성 : 신기한 재주네요 ㅎㅎ

남성 : 신기하죠?? 전 그쪽이 무슨 생각하는지도 알아요!!

여성 : 무슨 생각하는데요 지금 제가!!

남성 : 어떻게 하면 현호오빠한테 밥 사달라고나 할까 그런 궁리하고 있잖아요!!

여성 : 땡!!

남성 : 맞을텐데??

여성 : 술 사달라고 할 궁리하고 있었어요

남성 : 헐 술 알콜쟁이세요??

여성 : 그런건 아닌데 ㅎㅎ 스트레스 많이 받으니까요 술로 풀려고요

남성 : 그렇다면 원하는 술 사드릴게요!!

여성 : 정말요!!

남성 : 그날 예거밤 한잔 ㅎㅎ 얻어먹었으니 제가 소주1병으로 되갚을게요

여성 : 짠돌이!!

남성 : 이정도면 큰 아량을 베푼건데요??ㅎㅎ

여성 : 아량이래 ㅎㅎㅎ

남성 : 근데 소주에 무슨 안주가 제격인지 알아요??

여성 : 오뎅탕??

남성 : 소주 좀 아는 여자인데요??

여성 : 내가 쫌.

남성 : 역시 알콜쟁이!!

여성 : 아니라니깐요

남성 : 알콜쟁이는 나쁜 뜻이 아니에요

　　　알콜쟁이의 뜻 = 술을 먹을 줄 아는 매력적인 사람이란 뜻인데

여성 : 그런 뜻이군요 ㅎ

남성 : 네ㅋ 오뎅탕도 좋긴 하죠 보통 시간이 일 다니니깐 평일은 7시

　　　이후겠네요?

여성 : 네 평일도 좋고 주말도 좋아요

남성 : 주말엔 내가 할일이 있어서 안되는데..

여성 : 그러면 평일때 봐요

남성 : 오케이 그럽시다. 오뎅탕에 좋은 이야기 좀 나눕시다.

　　　재밌는 대화로 삶의 스트레스를 풀어보고 마음속에 담겨져 있

　　　던 응어리를 풀어드릴게요

여성 : 오! 기대된다.

남성 : 난 항상 기대감을 심어주는 남자 곽현호라고 합니다. ㅎㅎ

여성 : 알겠어요 언제 볼까요??

남성 : 전 수요일요

여성 : 콜 좋아요

청담동 나이트 애프터 유도 상황

남성 : 안녕??

여성 : 아 어제 그오빠??

남성 : 응 잘 들어갔어??

여성 : 응 어제 일찍 들어갔어 너무 속이 안 좋아서

남성 : 숙취엔 컨디션[컨디션 사진과 함께 보낼 것]

여성 : 진짜로 줘야지 ㅋ

남성 : 진짜로 주기엔 너무 먼데??

여성 : ㅎ 쳇 실망

남성 : CU기프티콘 5천 원짜리 전송 이걸로 사먹어

여성 : 헉 우와 오빠 진짜로 보내줬네

남성 : 난 한다면 하는 남자거든

여성 : 감동이다

남성 : 잠깐 봤어도 느낌 있으면 인연이라고 생각하는 것이 나의 모토거든

여성 : 멋지네 모토가

남성 : 응 아무에게나 그렇게 호의를 베풀지는 않아

여성 : 그러면 누구??

남성 : 내가 괜찮다고 생각하는 사람에게만 너같이

여성 : 부끄럽네..ㅎㅎ

남성 : 부끄러운 처자는 밥은 먹고 다니니??

여성 : 밥 이제 먹을려고!!

남성 : 오 넌 어떤 음식 좋아하는데??

여성 : 난 이상하게 여자들과 다르게 곱창 감자탕 이런 게 좋더라!!

남성 : 넌 동양적인 음식취향이네!!

여성 : 그런가봐

남성 : 그러면 우리 곱창대이 만들어볼까??

여성 : 언제??

남성 : 우리가 만나는 날이 곱창대이야

　　　그리고 곱창에 소주를 먹는 거지 딱인데??

여성 : 좋은 생각이긴 한데?

남성 : 좋은 생각은 실천으로 옮겨야지 바보야!! ㅎㅎ

여성 : 그래 옮겨라

남성 : 말 나온 김에 옮길 겸 해서 미리 스케쥴 좀 잡아 볼까나

　　　곱창대이에 대해서??

여성 : 콜

남성 : 주말보단 이런 건 평일이 좋은 것 같아 어때??

　　　(주말엔 곽현호는 강의로 바쁘다)

여성 : 모 그런 것 같은데??

남성 : 오케이 그러면 목요일에 보자

여성 : 알았엉

　　　(참고로 애프터를 잡아도 지속적인 연락으로 여성과의 공감대(라포

　　　르)형성을 해줘야 애프터가 깨지지 않고 호감도가 지속적으로 상승)

블로그를 통해 컨택된 여성과의 연락의 기술

소개팅을 해주겠다고 제안 했지만 듣지 않고, 곽현호에게 몇 살인지 물어보는 상황입니다.

여성 : 현호씨 몇 살이세요?

남성 : 29살이에요

여성 : 현호씨한테 기술 좀 배우고 싶어요

남성 : 네. 그 대신

여성 : 어떤 거요?

남성 : 댓가가 있어요

여성 : 모죠?

남성 : 앞으로 알려 드릴게요 ㅎㅎ

여성 : 저를 앞으로 분석해주세요 남자만 컨트롤 잘하면

　　　전 제 인생을 잘 살수 있을 것 같아요

남성 : 카톡으로 너무 상세하게 말하면 난잡해요

　　　그냥 나중에 만나서 알려 주세요

여성 : 그럼 오늘 술 한 잔 할래요?

남성 : 안돼요

여성 : 왜요 ?

남성 : 전 술 마시면 여성에게 스킨쉽을 하는 버릇이 있어서 위험해요

여성 : 연습으로 생각하죠모

남성 : 전 책임 못 집니다

여성 : 음

남성 : 저는 로맨틱하기도 하지만 술먹으면 스킨쉽이 강해져요

여성 : 왠지 반가운데요?

남성 : 반갑다면 기꺼이 응해드리죠 그 대신 재미와 감동을 드릴게요

여성 : 재미 준다면 콜이에요

길거리 헌팅으로 만난 레이싱걸

남성 : 하이??

여성 : 누구신지??

남성 : 송중기 좋아하는 여성분 맞죠?(카톡사진이 송중기임)

여성 : 네 맞는데 누군지 모르겠네요 사진이라도 보여줘요.

남성 : 송중기 사진 전송 + 이게 저에요.

여성 : ㅋㅋ

남성 : 마음의 얼굴이 송중기에요. ㅎ

　　　사실 저 그때 가로수길에서 급하게 말걸던 인생을 아주 의미

　　　있게 보내는 한집안의 외아들이에요.

여성 : 아 그때 그분.

남성 : 네 잘 들어갔어요?

여성 : 네. 모 ㅋ

남성 : 제가 연락이 늦었죠. 너무 빨리하면 그쪽이 너무 좋아할까봐

　　　일부러 늦게 했어요

여성 : 모에요 ㅎ 안 기다렸어요

남성 : 안 기다렸으면 다행이네요 앞으로 절 기다릴 거에요

　　　오늘 이후로 근데 직업이 왠지 범상치 않아 보여요 관상으로

　　　봤을 때 여왕이 될 상이네요(최근 영화 유행어 삽입)

여성 : 여왕이요?? 전 레이싱모델인데

남성 : 나 차 좋아하는데 어디요?

여성 : 폭스바겐코리아 모델에 자주 나가요

남성 : 폭스바겐은 역시나 골프가 ㅎ

여성 : 그런 차는 취급 안 해요 ㅋ

남성 : 관상대로 좋은 차 취급하나 보네요 ㅋ

　　　 전 뭐하는 사람일까요 맞추면 선물 드려요

여성 : 음 영업하실 것 같아요 말 잘하던데

남성 : 사람의 마음을 사기도 팔기도 하죠

여성 : 음 그게 모지

남성 : 전 개인적인 교육해요

　　　 (연애강사는 여성들에게 편견이 있어서 말하면 조금은 거리감

　　　 을 두는 여자가 많다)

여성 : 아 그렇구나. 안 그래 보이던데

남성 : 세상은 보이는 걸로만 판단하면 안 돼요 ㅎ

　　　 큰사람이 될려면 자고로 마음을 읽을 줄 알아야 하죠 제 별명

　　　 이 해커에요.

여성 : 왜요

남성 : 사람의 마음을 잘 훔쳐서요

여성 : 헉

남성 : 두고 보면 알죠 ㅎ(여성에게 다가갈 것을 무의식에 암시)

여성 : 지켜보겠어요 ㅎ

남성 : 나 감시당하는 건가?? 신고해야겠어 ㅎ

(유머는 항상 주가 아니고 내용 중간중간에 삽입이 되어야 대

화가 부드러워 진다)

여성 : 재밌네요

남성 : 나를 알게 됨으로써 앞으로 인생이 해피+ing될 거에요

근데 요즘은 무슨 음식이 먹고 싶어요?

여성 : 전어? (가을이 다가올 때 전어와 대하구이가 유행이다)

남성 : 전어 좋아해요? 나도 좋아하는데 그러면 다음에 한번 같이

먹으러 가요

여성 : 너무 빠른데요 만나기는

남성 : 누가 당장이래요 다음이라고 했잖아요 ㅋ

속마음을 들키셨네 알았어요

스케쥴 조정해서 조만간 시간 내볼게요 오늘은 일이 많아서 내

일 다시 연락 할게요

여성 : 네

이 스크립트는 실제 책이 완성되기 얼마 전 이야기입니다. 실제 이 여성과 곽현호는 전어회를 먹으러 갔고 이 여성의 차는 벤츠 E-class 였습니다. 이 스크립트에서 알아두어야 할 점이 있습니다. 바로 자신 감을 바탕으로 호감을 반강제로 유도하는 방법입니다. 특히 외모가 아름다운 여성일수록 이런 뻔뻔한 자신감이 필요합니다.

이글을 마치며…

대한민국의 많은 남자들이 이성과 문자 연락을 하면서 많은 고충을 겪고 있는걸 알기에 이 책을 나름대로 나의 경험에 의해서만 집필하였다. 점점 남성들이 연애를 하기 힘든 시스템으로 변화되고 있으며 어깨가 축져진 남자들이 좀 더 건강한 연애를 하기를 바라는 마음에 이 책을 출간하기로 결심하였다.

더 이상 매력적이지 못한 남성으로서가 아니라 충분히 매력을 어필하여 자신감 회복에 도움을 주고자 하는 것이 필자의 의도이다.

매스컴의 발달로 여자들은 드라마 속의 멋진 남자 주인공을 이상형으로 꼽지만 현실의 남자들은 그렇지 않다. 여자들은 나날이 눈이 높아지고, 남자들은 점점 자신감을 잃어 가는 이 시대에 남자들의 자신감 회복프로젝트를 진행하게 되어 대단히 영광스럽게 생각한다.

이 글을 읽게 될 독자들이 자신감을 회복하여 자신의 매력을 발산하길 기원하면서 필자의 문자 경험담을 각색하여 부록으로 남긴다.

부록

나이트클럽에서 호감을 표시한 여성과
문자를 주고받은 뒤에 호감을 증폭시켜서
합석하게 된 상황

남성 : 안뇽

여성 : 안뇽?

남성 : 나 누군지 알어?ㅋㅋ

여성 : 알지용 ㅋㅋ

남성 : 응 ㅋㅋ 너 지금 술마시고 있지??

여성 : 어떻게 알았어?

남성 : 사실 아까 니머리위에 몰래카메라 숨겨놨거든 ㅋ

　　　　내가 너 지켜보고 있다

여성 : 어머 스토커 ㅋ

남성 : 스토커라니 남의 집 귀한 외아들에게 ㅋ

여성 : 외아들이었어?

남성 : 응 난 외아들인데 넌 외동딸 아니었어?

여성 : 응 난 아닌데?

남성 : 나 틀렸네 이상하다 넌 외동딸같던데 왜그런줄 알아?ㅋㅋ

여성 : 모르는데?

남성 : 귀여운 느낌이 물씬 풍겨서 외동딸처럼 보였어

　　　　마치 나처럼 말이지

여성 : ㅋㅋ 모라는 거야

남성 : 너 귀엽다고 말하는거야

여성 : 어머 고맙다!!

남성 : 너가 너를 귀엽다고 인정하는 순간 나도 귀엽다고

　　　 인정하는거니깐 나도 고맙다고 말할게!!

여성 : 말은 청산유수네

남성 : 오빤 언행일치야!! 말과 행동이 같거든 지켜보면

　　　 정말 그런거라고 생각할걸?

여성 : ㅋㅋ 재간둥이네

남성 : 재간둥이라니 오빠한테 한번 오빠라고 물러봐 오빵!! 이렇게!!

여성 : 모야 ㅋㅋ 나그런거 싫어해!!

남성 : 싫어하는걸 해내야 진정한 참된 여자야!!

여성 : 음.........

남성 : 고민하지 말고 오빵 이렇게 불러봐 !! 나만 들을게

여성 : 오빵?

남성 : 잘따라하네 ㅋ 너근데 음식 어떤거 좋아해??

여성 : 해산물 종류?

남성 : 모야 나랑 식성조차 같은거야?

여성 : ㅋㅋ 그런가??

남성 : 너무나 식성이 같은데 안되겠어

　　　 오빠 이따가 조개찜 먹으러 갈건데!! 같이 먹으러 가자 너친구

　　　 도 같이해서

여성 : 음. 친구에게 물어볼게

남성 : 아 친구한테는 내가 직접물어볼게!! 내가 설득의 왕이니깐

소개팅에서 소개 받고 문자할 때[만남을 하기 전]

남성 : 안녕하세요 저 소개받은 현호라고 합니다 반가워요!!

여성 : 아!! 안녕하세요

남성 : 네 반갑네요 근데 날씨가 오늘 화창한데 화창한 이유를 혹시

　　　아세요??

여성 : 글쎄요 그냥 지구의 환경 아닌가요 그냥

남성 : 아니에요

　　　우리둘이 처음 연락한것을 기념으로 화창한거라고요!!

여성 : 그런거에요 ㅋㅋ

남성 : 제가 하늘나라 날씨담당관에게 오늘 날씨 화창하게 해달라고

　　　민원 넣었어요

여성 : ㅋㅋㅋ 재밌으시네요

남성 : 아무래도 딱딱할까봐 일부러 부드럽게 해드릴려고 노력좀

　　　해봤어요 노력하는 남자 어떻게 생각하세요

여성 : 노력하는 남자 매력있지 않나요??

남성 : 그럼 저 매력있다고 지금말씀하시는거네요?

여성 : 모 그럴지도..ㅋㅋ

남성 : 그럼 우리는 언제만나는게 좋을까요??

여성 : 음 언제가 편하신데요?

남성 : 전 언제 만나는 것보다 서로가 친해진 다음에 만나는게 좋을

것같아요 왜냐하면 한번의 만남도 굉장히 소중한 인연이니까요

여성 : 오 멋진신데요

남성 : 멋져보일려고 말하는게 아니라 제 가치관을 말씀드린거에요!!

어떠세요??

여성 : 좋아요

여기까지 차별화된 남성상을 보여주면 여성들은 차별화된 남성상에게 특별함을 느껴 새로운 매력을 느끼게 된다.

소개팅을 소개 받으면 만남부터 빨리 잡으려고 하지만 사실상 만남은 빨리 잡는 것이 아니라 그녀와 먼저 친해지고 만남을 천천히 해도 좋다.

어차피 빨리 만난다고 해서 그녀와 빨리 가까워지는 것은 절대 아니니까 말이다. 충분한 문자로 그녀와 먼저 공감대를 형성한 후에 만남을 가지는 것이 가장 이상적이라고 말하고 싶다.

길거리 헌팅에서 번호 받은 여성과
문자로 그녀의 마음을 빼앗는 과정

남 : 안녕하세요 매력줄줄 흐르는 매력남이에요 방가워요??

여 : 아 안녕하세요??

남 : 네 매력줄줄 흘러서 제 매력이 그쪽옷에 묻지는 않았나요?

　　묻었으면 드라이크리닝 세탁비 무통장입금으로 넣어드릴게요

여 : 모에요 ㅋㅋ

남 : 아 초면이라 긴장풀라고 농담한거에요 ㅋ

　　근데 어디를 그렇게 급하게 가시던 길이셨어요??

여 : 저요 사실 미팅하러 가던길이었어요!!

남 : 미팅이라면 남녀가 만나는 미팅 말씀하시는거에요??

여 : 네맞아요 3:3 미팅

남 : 근데 중요한건 제가 모 하나 알아맞춰볼까요??

　　미팅에서 중요한 남자를 만나진 못했군요??

여 : 음 네 맞아요 ㅋ

남 : 어떻게 알았는지 알아요?

여 : 모르겠는데요..

남 : 사실 오늘 이렇게 문자하는걸 꿈에서 봤거든요 데자뷰에요

여 : 모에요 ㅋㅋ

남 : 진짜인데 데자뷰였고 꿈에서 오늘 어디를가다가 좋은인연을 만

나는 꿈을 꿔서 오늘 ㅋ 거기를 갔던거에요 그러다가 정말 좋은

인연도 만났고요

여 : 어머!! ㅋㅋ

남 : 전 상남자인데 상여자시네요??

여 : 그래보여요??

남 : 네 상여자처럼 보이시는데 상남자옆에는 상여자처럼

어울리는데요 원레 ㅋㅋ 근데 종교가 어떻게 되세요??

여 : 전 무교요

남 : 다행이네요

여 : 왜요?

남 : 힘들때 신한테 기대지 않고 저한테 기댈수 있잖아요

여 : 모에요 ㅋㅋ

남 : 저 근데 착해보이지 않았어요??

여 : 글쎄요 잘모르죠..

남 : 어 애매모호함은 긍정이라던데

여 : ㅋㅋ완전 긍정주의자시네요

남 : 세상 살기도 힘든데 부정주의자로 사는건 주변사람에게도

도움이 안되잖아요 긍정적으로 살아야 도움이 되고 제가 그쪽에

게 좋은 에너지를 나눠드릴수 있을것같은데요??

여 : 와우 혹시 직업이?? 말을 잘하셔서

남 : 오늘부터 직업 셔터맨 할려고요

여 : 왜요??

남 : 네 제 장래희망이 대박 맛집 여사장을 아내로 맞이해서

　　셔터맨 하는겁니다!! 혹시 음식 잘하세요??

여 : 아니오 음식 잘못해요!!

남 : 앞으로 차차 배워가면 되죠 모 ㅋㅋ

　　근데 음식은 잘못해도 음식은 어떤거 좋아하세요??

여 : 저요!! 고기요

남 : 고기요? 소랑 돼지 오리중 어떤게??

여 : 전 다 좋은데 돼지가 좋아요

남 : 오 돼지 좋아하는 여자 성격이 어떤지 알아요??

여 : 모르겠는걸요??

남 : 돼지 좋아하는 여자는 성격이 매우 담백하대요 모르셨죠

여 : 제 성격이 담백한가 전 잘모르겠는데

남 : 잘모르니 제가 알게해드릴게요 앞으로^^

　　그런데 이번 봄에 벚꽃놀이는 다녀오셨어요??

여 : 아니오 안갔다왔어요 왜요??

남 : 벚꽃놀이는 못봤지만 앞으로 다가올 단풍놀이는 보셔야죠!!

여 : 아직 멀었는데요 ㅋㅋ

남 : 다행이네요 멀어서

여 : 왜요?

남 : 아직까지 우리가 친해질 기회가 얼마든지 많으니까요!!

여 : ㅋㅋ못말리시네

남 : 짱구는 못말리지만 저는 말릴수 있어요 절 관심으로 대해주세요

여 : ㅋㅋ 관심으로 대해주면 말릴수 있어요?

남 : 네 ㅋㅋ 그렇죠 바로 빙고!! 근데 평소 주말에 원레 모하고 지내세요?

여 : 전 주말에 그냥 친구만나고 쉬거나 가족하고 보내요

남 : 가족하고 보낸다고요 ㅋ 완전 가정적인 성격이시군요

여 : 네 ㅋㅋ

남 : 우리도 친해지면 주말에 가족같은 분위기로 한번 봐요 ㅋ

　　부담없이

여 : 그래요 친해지면 ㅋ

남 : 하지만 제 별명이 슈퍼카에요

여 : 왜요?

남 : 상대방과 친해지는 속도가 슈퍼카급이어서 슈퍼카라고들 불러요

여 : ㅋㅋ 그렇구나 그래보여요

남 : 조만간 주말에 뵙겠군요^^

이정도로 애프터 암시까지 이루어낸다면 여기에서 크게 문제만 없
다면 애프터를 신청하는 데에 무리가 없을 것이다.

감성주점이라고 불리는 한 호프집에서
번호를 받은 후에 문자를 주고받는 상황

남 : 이게 오빠 카톡이당ㅋ

여 : ㅋㅋ 응 아라또!!

남 : 이렇게 큰 호프집에서 많은 남자들의 대쉬를 받겠구만

여 : ㅋㅋㅋ 그렇지 않아

남 : 난 여자 별로 안좋아해서 이제 집에갈려고

여 : 모야 뻥치지마!!

남 : 미안하지만 ㅋ

　　 뻥좀쳐서 양치기소년좀 하고싶다 난뻥을 너무 못치거든

여 : 거짓말!

남 : 근데 중요한건 3이라는 숫자가 예사로운 숫자가 아닌것같아

　　 왠줄알어?

여 : 몰라!!

남 : 내가 너한테 말걸기전에 12시3분이었고 또한 너가 있던자리가

　　 테이블 번호3이었거든 이거행운의 숫자인걸 이번주 로또 번호 3

　　 무조건찍어야겠다

　　 너도이제 좋은일만 가득할거야

여 : 몬가 특별하시네 ㅋㅋ

남 : 너에게만 특별해질려고

여 : 느끼해

남 : 느끼하라고 하는거지 재밌으라고 하는건 아닌데

여 : ㅋㅋ 그런가

남 : 술은 근데 잘안먹더라??

여 : 응 난 진짜 안먹어

남 : 간이 해독을 못하는거야?

여 : 응 먹으면 얼굴이 빨개지거든

남 : 술먹으면 얼굴 홍당무 되는구나??

여 : 응

남 : 술먹으면 웰빙여자 되는구나 홍당무가 웰빙이잖아 ㅋㅋ

여 : 모야 개구쟁이네

남 : 개구쟁이 + 매력쟁이 라고 불러줘

여 : ㅋㅋㅋ 못살겠다.

남 : 내가 보기엔 너는 웬지 바이올린을 잘연주할것같은데?

여 : 전혀 아닌데??

남 : 이상하다 너 얼굴에 바이올린이라고 써있던데 ㅋ

여 : ㅋㅋ 피아노도 난 못치는데

남 : 아 맞다 바이올린이 아무나 연주하는건 아니잖아? 그런데
　　　니얼굴에 바이올린이라고 써있잖아 이게 무슨뜻인줄 알았어

여 : ??

남 : 아무나 가질수 없는 여자라는거구나

여 : ㅋㅋㅋ 맞아 맞아

남 : 난 아무나가 아니고 한집안의 외아들이니깐 나는 너의 마음을
　　가질수 있을것 같은데?

여 : 두고보면 알겠지??

남 : 내가 예지력이 있는데 방금 눈에 보였어 ㅋㅋ
　　너랑 내가 에버랜드 가는 장면

여 : 나 에버랜드 가고 싶긴해 ㅋㅋ

남 : 봐봐 내가 맞췄잖아 우리가 그런사이가 될지도 모르지 앞으로
　　한번 보자고!!

여 : 어 아랐어 ㅋㅋ